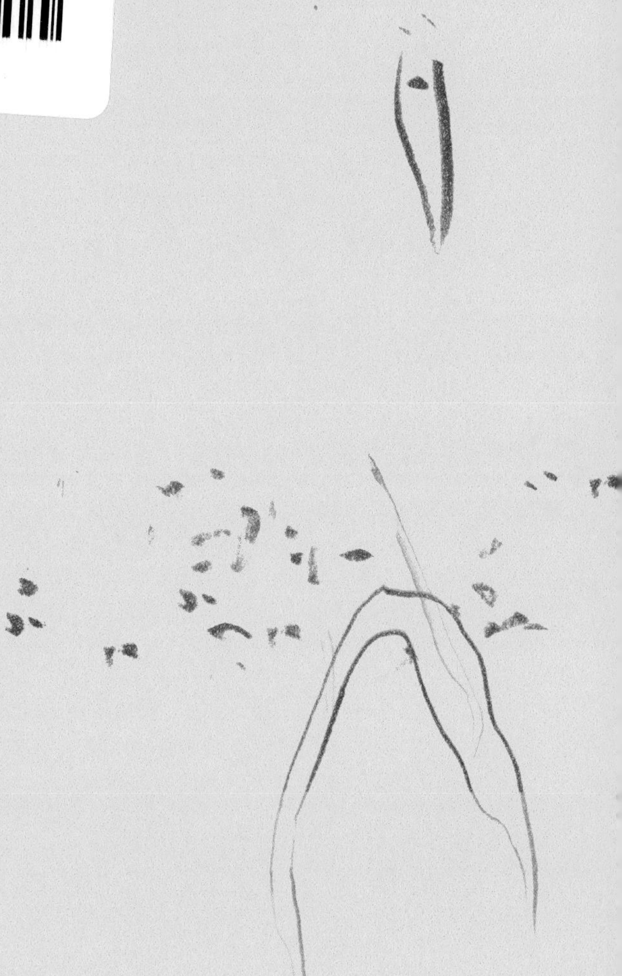

詩を読む

讀谷川的詩

谷川俊太郎

詩選全集 1

讀谷川的詩

谷川俊太郎詩選全集1

1952－1991

目次

詩集《十八歲》（集英社文庫，1997年）

攝影詩集《繪本》（的場書房，1956年）

詩集《21》（思潮社，1962年）

詩選集《谷川俊太郎詩集》「未發表詩篇 1961－1964」（思潮社，1965年）

詩集《俯首青年》（山梨絲綢中心出版部，1971年）

詩集《小鳥在天空消失的日子》（三麗鷗，1974年）

詩集《夜晚我想在廚房與你交談》（青土社，1975年）

詩集《定義》（思潮社，1975年）

詩集《致女人》（Magazine House，1991年）

詩集《打算贈詩一事》（集英社，1991年）

本書選自谷川俊太郎一九五二年至二〇二一年歷年作品，重新翻譯校對，可能與敝社已出版之詩集略有差異。副標、小標、標點符號或空格等格式均依照原詩樣式呈現。除特別標注「編注」或「譯注」之外，其他注解或附加說明均為原詩的一部分。

讀谷川的詩

谷川俊太郎詩選全集 1

田原 編譯

繁體字版序言

說起來，我對漢字有敬而遠之的傾向，有意識地用平假名寫的詩，給譯者田原先生增添了不少苦惱。平假名基本上是表音文字，但使我理解到漢字僅僅一個字，就具有豐富而深刻的含義，是在借助譯者的力量，進而比較熟悉只用漢字寫就的中日「漢詩」（中國古詩）的時候。對於我的詩變成了只有漢字，雖然以前也曾感到有一種異樣感和不安，不過現在我很期待自己的詩能變身為「漢詩」。

谷川俊太郎

生長

三歲
於我沒有過去
五歲
我的過去到昨天為止
七歲
我的過去到髮髻為止
十一歲
我的過去到恐龍為止
十四歲
我的過去如教科書所寫

《二十億光年的孤獨》——————— 1952 年

十六歲
我誠惶誠恐凝視過去的無限
十八歲
我對時間一無所知

春天

在可愛的郊外電車沿線
有一幢幢樂陶陶的白房子
有一條誘人散步的小路

無人乘坐　也無人下車
田間的小站
在可愛的郊外電車沿線
然而
我還看見了養老院的煙囪

多雲的三月天空下
電車放慢了速度
我讓瞬間的宿命論
換上梅花的馨香

《二十億光年的孤獨》———— 1952 年

在可愛的郊外電車沿線
除了春天禁止入內

悲傷

在聽得見藍天的濤聲之處
我似乎失落了
某個意想不到的東西

在透明的昔日車站
站在遺失物品認領處前
我竟格外悲傷

《二十億光年的孤獨》——————— 1952 年

博物館

石斧之類
在玻璃對面寂靜無聲

星座三番兩次地旋轉
無數的我們消滅
無數的我們出現

而後
彗星不斷像是要撞在一起
很多盤子被打碎
愛斯基摩犬走動於南極之上
高大的墳墓被修建在東西方
詩集也被奉上多次
最近

《二十億光年的孤獨》——————— 1952 年

有時摧毀原子
有時總統的女兒唱歌
那些種種事情
從那時就有

石斧之類
在玻璃對面無聊地寂靜無聲

二十億光年的孤獨

人類在小小的球體上
睡覺起床然後工作
有時很想擁有火星上的朋友

火星人在小小的球體上
做些什麼　我不知道
（或許囉哩哩　起嚕嚕　哈啦啦著嗎[1]）
但有時也很想擁有地球上的朋友
那可是千真萬確的事

萬有引力
是相互吸引孤獨的力

宇宙正在傾斜

所以大家渴望相識

宇宙漸漸膨脹
所以大家都感到不安

向著二十億光年的孤獨
我情不自禁地打了個噴嚏

1 譯注　詩人想像的火星人語言。意為：或許睡覺、起床、工作。

奈郎

——給被愛的小狗

奈郎
夏天就要來臨
你的舌頭
你的眼睛
你午間的睡姿
此刻清楚地在我的眼前復活

你只感受過兩個夏天
我已經知曉十八個夏天
且又想起自己還有跟自己無關的各種夏天
拉菲特之家的夏天
淀的夏天
威廉斯堡大橋的夏天
奧蘭的夏天

然後我思考
人到底能感受多少回夏天

奈郎
夏天就要來臨
但這不是你在的夏天
是另外的夏天
是完全不同的夏天

新的夏天來臨
然後我會漸漸知曉很多新的事物
美的事物　醜的事物　彷彿讓我精神振奮
和悲傷的事物
於是我質問

到底是什麼
到底是為什麼
到底該怎麼做

奈郎
你死了
像不讓任何人知道一樣獨自去了遠方
你的聲音
你的觸感
甚至你的心情
此刻清楚地在我的眼前復活

可是奈郎
夏天就要來臨

嶄新而又無限寬廣的夏天就要來臨
而且
我還會走去
迎接新的夏天　迎接秋天　迎接冬天
迎接春天　期待更新的夏天
為了知曉一切新的事物
而且
為了回答自己的所有提問

黑暗翅膀

天降落下來
厚厚的帷幕之上有無數星星的跡象

最大的規律
我聽見它在哭泣

月亮被誹謗
雲朵緘默不語

天空和土地的氣息
是我們全部的氣息
可是我們
真的知道自己的處境嗎

天空變得醜陋
樹木和青蛙彷彿憎恨著誰
諸神為人類疲倦
我聽見讓機器取代人類的聲音
時間是玻璃的碎片
而
空間已被喪失
今夜　我帶著黑暗翅膀
為了弄清一切有關本質性的問題

山莊通信2

正午是長調的風和蜻蜓
黃昏是小調的噴煙
記憶乘著氣息歸來
在神精細的記錄和預言裡
我情不自禁地閉上了眼

在被牢記黑暗的歷史裡
白樺樹的紋理鮮明
在山巒和花朵的世界觀裡
我祈願著所有的過濾

醜陋的最終是誰
矮小的最終是誰
可是

在像遙遠山脈壯大的感傷中
我忘記一切
忘記……一切

陶俑

所有的情感和長了青苔的寂靜時間
正在你的腦中沉澱
忍受著眼睛深處的兩千年之重
你的嘴被天大的祕密封緊

你沒有哭　沒有笑　也沒有惱怒
原因是
因為你不斷的哭　笑　還有惱怒著

你沒有思考　也沒有感受
可是
你不斷吸收然後將其永久地沉澱
從地球直接誕生　你是人類以前的人類

正因為缺少神的嘆息
你才能為美麗的樸素和健康而自豪
你才能夠蘊藏起宇宙

初夏

瓦
「凍結的聲音
映照著雲開始流淌
越過山巒想唱一首悠長的歌
像木管樂器
人們在街道散播無數祕密的暗號」

牧童
「倦怠的每一天正是我的每一天
等待才是我的工作
猶如恢復期我在季節的床上撒嬌
在人類之外我夢見了自己的墳墓」

夕陽
「曬乾的東西以人的形狀舞動
鳥像沉甸甸的葉片飄揚
小販的藥物沒有售完
我記得一千年前」

擦鞋
「光鮮的椅子和懂事的孩子和冷飲
我隱隱約約地記得在何處」

光

「我來回巡訪無數的星星們
星星們像算式一樣嘟嘟囔囔
不知道什麼也不知道

我在真空裡修築道路
但我也有無法涉足之地
在不知名的空間
我算計著自己的生命
然後感到恐怖」

河流

「又死人了

小時候我學習鹿和杉樹和石灰石
現在我學習人
我的眼淚注入大海
然後白色輪船從海上駛過」

雲雀
「在看不見的馬的遼闊牧場
遠方掛起了紅白色帷幕
那裡有一位祝福雲霧靄靄的天空
和野草的神祕指揮家」

墓

「簡直就是某人的意志的圖案般
骨頭們靜默著怨恨的眼神
在潔白的骨頭之上
散髮著靈魂氣息的風吹過

曾經有過的空論
向著滅亡的痛苦追憶
但它們也會喪失
殘留下的東西才是愚蠢的
我對著苔蘚牢騷滿腹

我把手伸向宇宙
我預感自己的一生

我想無止境地回歸
嫩葉的影子在一瞬間晃動」

課長
「綠色的樹陰騎著漂亮的自行車來
藍色平靜的日常性
今天在孩子們的身上也熠熠生輝
宛如沙發似的滿足支撐著我」

病人
「樹木之日　泥土之日　手之日　味道之日
影子之日　天空之日　道路之日　天空之日……」

少年
「永恆對於靈魂該是何等的倦怠啊
而且又是何等的恐怖
行星的某個時期和那小小的幸福
一個大腦和它美麗隨意的形狀
還有
一顆心和它可愛的尺寸
我回答不出它們的豐富
人們一邊懷疑一邊滿足著倒下
智慧存在於每一個瞬間
復返的初夏輪迴而至
我初次遇見夏天」

《二十億光年的孤獨》———— 1952 年

十八歲

某夜
我獨自一人

忘記了回憶
厭倦書架和雲
年幼的憤怒和悲傷
我飽嘗了苦澀

雨夜
我真的獨自一人

1950.2.9

《十八歲》——————— 1997 年[1]

1 編注　作者十八歲時寫下的詩，首次出版為一九九三年，由東京書籍出版。

寫給狗

比起人
我喜歡你的眼睛

那美麗無垢的天真
讓我心醉

無限的純粹
對於我如同神

（狗的眼睛裡溢滿音樂
如泉水般溢滿音樂）

比起人
我喜歡狗的眼睛

悲傷的時候
狗啊
我想在你的瞳孔裡
哭泣

1950.2.24

合唱

遙遠的國度傳來物體的破碎聲
成千上萬散落的對話
終日折磨著我

繁忙的時間
無情的空間

對桌子上的英日詞典
感到莫名的憤怒

我想真實地感受
地球柔軟的味道

那個下午

《十八歲》—————— 1997 年

未來被簡單的數學公式預言
於是那個下午
合唱這個詞莫名地迷惑了我

1950.4.21

大海

地球在那裡消失了
上下的藍無限……

我瞬間重新武裝
更感到活著的艱難

1950.4.23

夢

夜晚
古老的記憶
編織著我的夢
於是夢墜入深淵
長時間
雨下個不停
在小小的挫折裡
我尋找簡單的語言

1950.4.25

第1首

無論如何喜悅駐足今天
帶著年輕太陽的心
在連餐桌與槍與
神都不知道之時

樹陰讓人的心回歸
擁抱今天的謹慎
只是來這裡
向著人們佇立的地方

閱讀天空
歌唱雲朵
只是祈禱就小聲地歡喜之時

《62首十四行詩》——————　1953年

我忘記了
我無限記憶的事物
凝視太陽　也凝視樹木

第30首

我不讓語言休息
有時語言自己感到可恥
在我內部試圖死去
那時我愛著

在緘默的事物中
只有人類喋喋不休
而且太陽樹木還有雲
都覺察不到自己的美貌

快速的飛機以人類熱情的形態飛去
藍天擺出背景般的表情
實際上空空如也

《62 首十四行詩》———— 1953 年

我試著小聲呼喚
世界不予回答
我的語言和小鳥的叫聲沒有區別

第31首

坐在世界裡已準備好的椅子上
突然我消失了
我大聲呼喚
於是留下的只有語言

上帝將謊言的顏料潑向天空
像要模仿天空的顏色
繪畫和人都已死掉
只有樹向著天空昂揚

我想在祭祀中證明
只要我繼續歌唱
幸福就會來丈量我的身長

《62首十四行詩》——————1953年

我閱讀的時間之書
因為寫下了所有其實什麼也沒寫
我追根究底地質問昨天

第41首

若是凝望天空的湛藍
我感覺自己彷彿有了歸宿
但穿過雲層的明亮
已不會再返回天空

太陽奢侈地不斷丟棄
到了晚上我們還忙著撿拾
人都是卑微的誕生
也沒有樹一樣富饒的休息

窗戶剪下溢出的東西
我不想要宇宙之外的房間
因此我與人變得不和

存在就是傷害空間和時間
然後痛楚反而責備我
若我離去我的健康就會恢復吧

第49首

有誰知道
我在愛中的死亡
其實是用這樣的溫柔去培育慾望
為了再次掠奪世界的愛

盯著人看時
生命的風采讓我回歸世界
年輕的樹和人的姿態
有時在我心中變成相同的東西

不曾為心命名
我所知道的一切觸摸著人們緊閉的口
被巨大的沉默掠奪了

然而當時我也是那個沉默
於是我也像樹一樣
掠奪著世界的愛

第51首

即使在親近的風景中
也很難理解世界的富饒
比起久違之物的行蹤
我更想知道此刻的一切

不久滅亡之物的真摯姿態
使我產生素樸的想法
唯有在親近的此刻
我的想法才不會被死亡阻攔

而天空與太陽的靜寂中
被持續掠奪的此刻的痛楚
突然使我恐懼

然而我回到世界中
沒有離別的日子是一天吧
我回到這樣的世界中

第62首

因為世界愛我
（用殘酷的方式
有時也用溫柔的方式）
我可以永遠孤單一人

我第一次被賦予成為一個人時也是一樣
我只是光聽著世界的聲音
對我來說只有單純的悲傷和喜悅是顯而易見的
因為我一直屬於世界

向著天空向著樹木向著人
我投擲自己
為了不久後讓世界變得豐富多彩

《62首十四行詩》————— 1953年

……我呼喚人
於是世界回過頭
然後我消失不見

傍晚

在無人的鄰屋
彷彿有人在呼喚著我

我急忙開門
這裡很暗
那裡卻陽光燦然
好像剛剛有人走了
影子眼前一晃
但我追去時已無任何蹤影
變成理所當然的傍晚

花瓶堆滿塵埃
打開窗後儘管那裡天空明亮……
彷彿有人如我在呼喚著

《關於愛》——————— 1955 年

回聲

季節在陌生的地方奔跑
我聽到的只是風聲
遺失的東西在我心中發出回音
不停地報告著遠近

穿過我過多的情感
世界是一張晴空般的地圖
人無居所
最終我也成了流浪者

……我是在替誰看家呢
窗外常春藤的影子落在我的額頭
變成我的假捲髮

《關於愛》——————— 1955年

陽光把我裝扮成年輕的神
我並不期待誰的歸來
此刻我細心傾聽風聲
想知道季節跑遠後的去向

把回聲放歸世界
等待著世界把高山和峽谷收回

鳥

鳥無法給天空命名
鳥只是在天空飛翔
鳥無法給蟲子命名
鳥只是啄食蟲子
鳥無法給愛命名
鳥只是成對地活下去

鳥諳熟歌聲
所以鳥覺察不到世界
突如其來的槍聲
小小的鉛彈使鳥和世界分離也使鳥和人連結一起
於是人類的大謊話在鳥兒中變得謙恭與真實
人類瞬間相信了鳥
但即便在此時人類都不會相信天空

因此人類不知道與鳥和天空和自己連結一起的謊言
人類總是被無知留下
不久在死亡中為了天空蛻變成鳥
才終於認清大謊話　才終於發覺謊言的真實

鳥無法給活著命名
鳥只是飛來飛去
鳥無法為死亡命名
鳥只是變得無法動彈

天空只是永恆寬廣

Kiss

一閉上眼世界便遠遠離去
只有你的溫柔之重永遠在試探著我……

沉默化作靜夜
如約降臨於我們
那此刻　不是障礙
而是縈繞我們溫柔的遙遠
因此我們意想不到地　合而為一……

我們互相尋找
用比說和看更確切的方式
然後我們找到了彼此
在迷失了自己的時候——

*

我究竟想確認什麼呢
遠道而歸的柔情啊
失去了語言　被淨化的沉默中
你此刻　只是呼吸著

唯獨你　此刻　就是我的生命……
但連這句話都已成罪過
溫柔終於盈滿世界
在我為活在溫柔其中而倒下時

到地球的郊遊

一起在這裡跳繩吧　在這裡
一起在這裡吃飯團吧
在這裡愛你
你的眼裡映著藍天
你的背上染著艾蒿的綠
一起在這裡記住星座的名字吧

在這裡夢想遙遠的一切吧
在這裡等退潮撿貝殼吧
從黎明的大海
來撿小海星吧
早餐時扔掉它
讓夜晚降臨吧

《關於愛》————— 1955年

一直在這裡說我回來了吧
在你回應著我回來了的時候
無數次地回到這裡吧
在這裡喝熱茶吧
一起在這裡久坐的時候
讓涼風吹拂吧

關於愛

我是被凝視的我
我是令人懷疑的我
我是讓人回首的我
我是被迷失的我
但我不是愛

我是逃奔到心中的肉體
不知道大地的腳
無法扔掉心的手
被心凝視的眼
但我不是愛

我是陽光消失的正午
被導演的一場戲
被命名的枕邊細語

司空見慣的黑暗
但我不是愛

我是看不見的悲傷
充滿渴望的歡愉
選擇被結合的一個人
幸福之外的不幸
但我不是愛

我是最溫柔的目光
我是多餘的理解
我是勃起的陽具
我是不斷的憧憬
但我決不是愛

男人的墓

在地之角
在天之涯
埋葬男人吧
男人們哭泣時
他們會緊咬自己的手腕
因為女人被拋棄在男人們乾巴巴的大眼睛之外
然而男人們死去時
那被曬得黝黑的肢體不停地往前走
因為世界被男人們拒絕在身後

因此
每一天的終點
在人類的盡頭
選定男人們的墓吧

《關於愛》———————— 1955年

那墓的後面月形殘缺
那墓比所有女人的渴望都遙遠
那墓面對巨大的沉默不退縮
那墓把陽光讓給一株小小的紫羅蘭

自卑的蒼白的虛弱的男人們的屁股
就這樣靜靜地腐朽吧
就這樣被徹底治癒吧

無題

我厭倦了
我厭倦了　對我的肉體
我厭倦了　對飯碗對旗幟對人行道對鴿子
我厭倦了　對柔軟的長髮
我厭倦了　對早晨的幻術夜晚的幻術
我厭倦了　對我的心

我厭倦了
我厭倦了　無數毀壞的橋
我厭倦了　藍天皮膚的嬌嫩
我厭倦了　對槍聲蹄音劣酒
我厭倦了　對白襯衫還有髒掉的襯衫
我厭倦了　對拙劣的詩絕妙的詩

《關於愛》———— 1955年

我厭倦了　小狗跌倒
我厭倦了　每日的太陽
我厭倦了　儘管紅色信箱豎立著

我厭倦了　對恐嚇者的黑鬍子
我厭倦了　對初夏背光的田間小路
我厭倦了　對星星的變換　對一天
我厭倦了　對我的愛
我厭倦了　故鄉的茅草屋

我厭倦了

牧歌

為了太陽
為了天空
我想唱一首牧歌
為了人類
為了土地
我想唱一首牧歌
為了正午
為了深夜
我想唱一首牧歌

在不知名的小樹下止步
傾聽虻的振翅之聲
在太陽照不到的小巷深處
我想凝視站著撒尿的孩子

為了歌唱　為了歌唱
我總是想沉默不語
我不想再成為詩人
因為我對世界正充滿渴望

如虻如蝴蝶
我想用我的翅膀歌唱
如滿身污垢的孩子
我想用我的小便歌唱

不知是哪一天
為了忘卻全部的牧歌
我想用我的死亡歌唱

正好是今天
為了記得一切
我真的像陷入了沉默

《關於愛》———— 1955 年

我的語言之二

我走向我的謊言
我從我的謊言中回歸
當沉默將我和謊言隔離時
枕頭太硬我徹夜難眠

當花朵來追逐我的謊言時
我責難我的謊言
當愛背對我的謊言時
我帶著自己的小陽具徘徊不止

我讓靜默的夜空在心中蔓延
那裡面養著一條金魚
若有誰說「你好」我會殺死金魚

《關於愛》—————— 1955 年

我回到我的謊言
我從我的謊言中走出
帶著工整的一本筆記
眼眶裡還留著昨夜的淚水
大大方方地穿過人行道

我是哨兵

夢才是我謊言的最後堡壘
在許多的天空出入
而我是哨兵
把天空全部串起
綠色的血請為我們流淌吧

呼喚者一邊造訪每一顆心
一邊騎上蜻蜓
從風的舌下逃走
而我是哨兵
不由得因疲乏打起如雷的鼾聲

進攻者永遠是懦弱的
啊——吊橋已鏽蝕得無法動彈

而我是哨兵
將日日夜夜揮劍的聲音
悄悄埋葬在後面的田裡

夢才是我謊言的最後堡壘
在所有的歌聲都停息時
我是哨兵
在與寂靜的對刺中
死去吧

關於房間

人把自己圍起來
是因為空間太可怕
時間太可悲

於是人們安心地想
那裡有取代無限空間的白牆
有取代無限時間的軟床

但窗和門是必要的
門為了親密的朋友
窗為了美麗的夏日

白天外面也有藍天和積雨雲
有原野和街道的睡床

《關於愛》———— 1955年

可是晚上　人把自己關起來
「房間很溫馨」人常如此細語
房間忠實地讓人住在熟悉的座標
春　夏　秋　冬　然後突然直到某一天的死——

關於人我不知道以後的事
如果人不在了而房間
就會漸漸像宇宙

黃昏

黃昏是一部大書
所有的事都寫在那裡
開始的事與
結束的事——
在無始無終的書頁裡

為什麼在黎明會有凍死者
枯樹以後又會怎麼樣呢

*

遺忘的小徑的鋪路石影子很長
過去的車夫們的聲音很低
夕陽彷彿從被拋下的高度

《關於愛》——————— 1955 年

已失去消毒的力量
開始羨慕秋色的街燈

孩子啊　孩子啊
那大鐘吃掉的點心該怎麼辦
我從沒趕得上的商店踉蹌而出
難道要虛無地數著
收在帽子裡的光的貨幣嗎

降下旗幟敗北一日
旗幟無憂無慮地在空中酣睡
洋行的主人以不知懷疑的神態
讓絲毫不動的馬車嘎嘎作響

一時間浮雕的影子很深
青嫩的常春藤知曉明天
但夕陽卻不在門上落下塵埃
不在的人都去了哪裡
市郊的墓地盡是靈魂
所有的室內都是人

夕陽啊你忘卻清晨的履歷
現在只從人們的背上給予溫暖
等待著許多的皮影戲被投向天空的夜晚
為了逃走夜晚等待
聽著遠處港口的動靜
我攜著手杖和帽子和枯葉
那條小路　這條小路

《關於愛》—————— 1955 年

宛如奇妙的銅版畫……

活著

活著
六月的百合花讓我活著
死去的魚讓我活著
被雨淋濕的幼犬
和那天的晚霞讓我活著
活著
無法忘卻的記憶讓我活著
死神讓我活著
活著
猛然回首的一張臉讓我活著
愛是盲目的蛇
是扭轉的臍帶
是生鏽的鎖
是幼犬的腳

《繪本》———— 1956年

手

手
它撫摸
女人的臀部
手
它撥弄
少年的頭髮

手
它握緊
榔頭
朋友的手
手
它抓著
短刀

《繪本》———— 1956年

衣服的抽鬚毛邊

手
它毆打
父親的面頰
手
它撫摸
陶硯

手
它創造
它破壞
它抓取
手

它給予
它勒索
手
它離開
它打開
手
它關閉
手

盡可能做著什麼
盡可能什麼也不做

手
它是徒勞的指示

《繪本》—————— 1956 年

像夏天的葉子繁茂蔥蘢

手

它就那麼張開著枯萎

八月和二月

少年把小狗關進籠子
少年把鎮石壓在關小狗的籠子上
少年哭了
蟬聲聒噪不止

女人的室內冷颼颼的
我們蓋上了數條毛毯
女人的身體散發著乾草的味道
到了黃昏　飄起了雨雪

少年在河岸窺望著籠子
小狗搖晃著小小的尾巴
太陽灼熱似火

《繪本》────── 1956年

在微暗的室內
我們大汗淋灕
不久便一聲不響地睡去

少年閉著眼將籠子扔進河裡
然後一邊哭著跑走

我們睜開眼時
外面已漆黑一團
即使到了夜晚少年也不停地哭泣

天空

天空能寬廣到何時
天空能寬廣到何地
我們活著的時候
天空為什麼忍受自己的碧藍

我們死去的世界
天空還那麼寬廣嗎
在它下面聽得到華爾滋舞曲嗎
在它下面詩人會懷疑天空的碧藍嗎

今天的孩子們忙著玩耍
數千次的猜拳投向天空
跳繩的轉圈不斷測量著天空

《繪本》——————　1956年

天空為什麼對一切保持沉默
為什麼不說你們別玩了
又為什麼不說你們玩吧

藍天不會枯竭嗎
即使在我們死去的世界
如果真的不會枯竭
不會枯竭的話
藍天為什麼沉默呢

我們活著的時候
在城鎮或者在鄉村在海邊
天空為什麼
獨自由白天轉入黑夜

家族

姊姊
是誰來了　在閣樓裡
是我們來了

姊姊
是什麼成熟了　在樓梯上
是我們在成熟　弟弟啊
我和你和父親母親
外面乾旱
我們在工作

是誰在吃
餐桌上的麵包

是我們在吃啊
用手指撕著

那麼
是誰在喝
姊姊的血

那是你不認識的人
個子高　聲音好聽的……

姊姊姊姊
你在倉庫做什麼

念咒

為了不讓我們大家死去
我與那個人念了咒語

然後

然後
我的乳房脹大
為了另一個的我們

那是誰

那是我　那是你
那是父親母親

還有誰要來

在　夜晚祈禱時
沒有人
在風向標上
沒有人
在街道的沙塵對面
沒有人
傍晚　在水井邊
我們都在那裡

夢

風　正吹著吧
花　就要開了吧
天空　永遠都是碧藍的吧
然而
夢　會破滅吧
轉進巷弄裡的兩個人
他們今晚會在一起過夜吧
酒館小板凳下面的空煙盒
它會在早晨點燃吧
雨　馬上就會飄下
然而夢　會破滅吧
奧德修斯啟航了
破除魔法
然而夢　會破滅吧

《繪本》———— 1956年

近親相奸會被隱瞞吧
圓木鞦韆會搖蕩吧
會聞到脂粉的味道吧
傍晚影子會拉長吧
小鹿會跑開吧
電話不時地響起吧
然而夢　會破滅吧
森林　茂密地擴展著
我們牽著手走過小徑
穿過葉片間的陽光使我們眩目
我們並肩坐在某個水邊
落葉厚厚地散落鋪滿一地
我們無數次地接吻
然而　夢　會破滅吧

路

那條路是誰的路
於是我們走過
有著桂花香的路
夜晚　野狗悄悄跑過的路
白天　混生林的風吹響的路
於是我們走過
白色的的塵埃綿延
天空永遠在它們之上
那條路是誰的路
是誰都不得不走的路
那條路是誰的路
春天　黃蝴蝶飛舞
冬天　某處會被雪封住的路
遙遠的山坡上街道總是明亮

是隨風能聽到人聲的路
那條路是誰的路
請通過
陽光照耀的路
降下星星的路
請通過
誰的路都不是的路
請通過

禮物

在你美麗的長頸上
我想裝飾四季
花的顏色　天的顏色　雪的顏色
為了使你的肌膚永遠歡愉

在你深邃溫暖的胸懷裡
我想裝飾大海
有時黯淡　有時明亮
我溺水又被救起

在你強健又柔軟的腳踝上
我想裝飾風
急於活著
為了不使回憶中的你疲憊

在你像短劍一樣的唇上
我什麼都不想裝飾
因為那是為我而備的有效武器
應該用我的血來裝飾

在你瞠目而視的雙眸裡
我想裝飾月亮和太陽
世界莫大的誘惑
為了我們的白晝和夜晚
然後你的心還有
你溫柔的肉體
讓我們互相裝飾吧
因為總有一天它們是相同的
在與你的我接吻時
你的心永遠能夠聽見我的心

數數

——給B·馬林諾夫斯基[1]

帕基德和波柯尼拉
六歲的時候已經
睡在一起
她的胸和他的胸一樣平坦
但倆人卻像紅薯的根纏繞一起
眼睫毛也互相交叉
倆人的歡喜
像小小的綠色草莓籽般被露水濡濕
心像起風日裡的獨木舟在天空滑翔

帕基德送給他小小的戀人
紅貝殼
和用自己牙齒製作的項鍊
然後倆人互相抓著

彼此頭上的蝨子吃
波柯尼拉溫柔地溫柔地
嚼著蝨子
太陽
慢慢轉動著露兜樹的
影子

帕基德和波柯尼拉
六歲時已經
睡在一起
波柯尼拉不知道自己的年齡
因為她還不會數數
但她
會數了

（帕基德你狡猾的蛇　若是舔了我
帕基德和波柯尼拉就會合而為一
太陽會回到我腹中
帕基德的厲害刺槍　若是刺了我
帕基德和波柯尼拉就會合而為一）
於是倆人在海灘
挖著小池子玩耍

《愛的思想》———— 1957 年

1 編注 B·馬林諾夫斯基（Bronislaw Kasper Malinowski, 1884－1942）波蘭裔英國社會人類學家。

悲傷

悲傷
是正在削皮的蘋果
不是比喻
不是詩歌
只是存在於此
正在削皮的蘋果
悲傷
只是存在於此
昨天的晚報
只是存在於此
只是存在於此
溫熱的乳房
只是存在於此
黃昏

《給你》———— 1960年

悲傷
脫離語言
背離心
只是存在於此
今天所有的一切

懇求

把我　翻過來
耕種我內心的田地
乾涸我內心的井
把我翻過來
洗滌我的內在
也許會發現美麗的珍珠

把我　翻過來
我的內在是海嗎
是夜嗎
是遙遠的路嗎
是塑膠袋嗎
把我　翻過來
我內心有什麼正在長著
是熟透的仙人掌田嗎

《給你》———— 1960 年

是獨角獸早產的寶寶嗎
是未被製成小提琴的櫪木嗎
把我　翻過來
讓風吹拂我的內在
讓我的夢想感冒
把我　翻過來
讓我的觀念風化
翻過來
把我　翻過來
把我的皮膚藏起來
我的額頭凍傷
我的眼睛因羞恥而充血
我的雙唇厭倦了接吻
翻過來
把我翻過來

讓我的內在膜拜太陽
讓我的胃和胰臟攤在草地上
讓深紅色的陰暗蒸發
把我的肺塞進藍天裡
任我的輸精管扭結在一起
任黑色的種馬踏爛成泥
將我的心臟和腦髓用白木筷子
餵給我的戀人吃

翻過來
把我　翻過來
讓我內心的語言
吐露出來　快
讓我內心的管弦樂四重奏
奏響

《給你》——— 1960年

讓我內心的老鳥們
飛翔
把我內心的愛
在黑暗的賭場　賭掉

翻過來把我翻過來啊
我將內心謊言的珍珠給你
翻過來把我翻過來啊
不要去觸摸我內心的沉默
讓我走
走出我之外
向著那樹陰
向著那女人身上
向著那沙塵中

黃昏

是誰關了燈呢
黃昏
用那嫻靜溫柔的手
將天空遍體愛撫

戀人們知曉
兩個人慾望的消失
孩子們也懂得
他們歌聲的消失

然而　我不知道

是誰關了燈呢
黃昏

《給你》———— 1960年

那不是我的父親
也不是我的愛人
不是風也不是回憶

是誰關了燈呢

黃昏
我渴求夜晚的時候　以及
我憎惡夜晚的時候
是誰關了燈呢

沉默

相愛的兩個人
默默相擁
愛總是比愛的語言
更小　偶爾
也正因為過大
相愛的兩個人
為了準確和細緻地
相愛
默默相擁
只要保持沉默
藍天是朋友
小石子也是朋友
黏在赤裸腳底的
房間的塵埃

《給你》———— 1960年

弄髒床單
夜晚慢慢地
讓一切都變得無名
天空無名
房間無名
世界無名
蹲著的兩個人無名
一切都是無名存在的兄弟
只有神
因為它最初的名字之重
啪嗒
像壁虎一樣
掉落在兩人之間

男人的地圖

我心中有田地。我心中有破舊的小屋，裡面還備有鋤頭。我心中有女人，她身邊還有忠實的狗。我心中關著很多烏鴉，它們的翅膀在深夜將我驚醒。

我心中有一個小男孩。是個尚未出生的男孩。小傢伙沉默著。沉默著蜷成一團。

我心中充滿時光的汁液。白白的散發著香氣如同混沌的世界黏稠著。

時光的芽總不結晶。

我心中有種子。有全部的種子。

我心中有日日重複的無用收穫。無數的夕陽。

我心中的夢的支柱。

《給你》———— 1960年

致女人

看著你被太陽曬黑的裸背
我做了個夢
看著你那雙淚汪汪篤信無疑的雙眸
我做了個夢

看著你哼著一首小小的歌曲
和你的睡容
我做了個夢
我夢見古老的村莊
一如往昔寬敞的宅院
那扎根宅院的老榆樹
和那上方不變的藍天
我夢見
我朝氣蓬勃的兒子

《給你》———— 1960年

你太年幼的孫子們
以及我們的死
我夢見

我空虛地夢見
明天樸素的晚餐
和許多活著的人

七月

與這個世界被創造時相同
光突然沉重地照在人們的肩上

活著
明明是如此單純

同時開始鳴叫的蟬
像剛學唱的合唱團

人們活過的七月
人們活著的七月……

驟雨沖洗掉妝容之後
幸福和不幸的臉極其相似

《給你》———— 1960 年

八月

王之王
他不在
啊啊　美麗的夏天呀

血之血
不為任何人流
啊啊　美麗的夏天呀

少女一絲不掛
馬兒躍過薔薇
啊啊　美麗的夏天呀

誰？　誰？
為死而歌　以河之聲

啊啊　美麗的夏天呀

問與答

彼此成為彼此的提問
無法抵達答案
不久我們的語言
便溺死在每個人的心之井
世界有問題時
回答的只有我
我有問題時
回答的只有世界
詩終究是血
在寂寥中星星不停地旋轉
對話在只有我一個人的心中
永久地沉默
無可奈何地成熟吧

《給你》———— 1960年

如果語言

還是沉默就好
如果語言
忘卻了大約
一顆小石子的沉默
以慣用的舌頭
若是大致攪拌一下
那沉默的
友情和敵意

還是沉默就好
在一個詞裡
若是看不到戰鬥的程度
祭祀以及
若是聽不到死亡的程度

《給你》————— 1960 年

還是沉默就好
如果語言
對超越語言之物
沒有到奉獻出自己的程度
為了比平常更深沉的靜寂
若是沒有到歌唱的程度

臉

沙漠是世界的額頭
樹木是世界的頭髮
天空是世界的瞳孔
山是鼻　火是唇
大海是世界的面頰
世界是一張臉
我失明的眼變成兩顆黑痣
我凍結的心變成小小的耳環
世界是一張
可怕的微笑的臉

《給你》———— 1960年

沉默的它們

沉默啊
我的朋友
隱藏在赤裸的腳底與
春泥之間
把心
從語言撕扯下來

*

藍天與
投石是親子
又聾又啞的
被允許
模仿著杜鵑

《給你》———— 1960年

它們的歌

*

閉口不語
我是詩人
首先想
呼喊就是召回之物
只有謾罵是喚回的東西
帶著貪嗔癡的眼
你

*

——致John Lewis

你
等待
在聲音和聲音之間
如此漫長的世紀
一個女人的臉
在此浮現
她隆起的腹部遮擋在衣褶裡
看著
碧綠的水

*

——致戰死者

在你的心臟裡
交纏著的蛆們
發出不為人知的聲音
一整晚
幼豹
哭鬧不休

*

空罐的蓋子上
畫出的
工筆畫
祖父的皺紋

是故鄉的峽谷
女兒的髮絲
是無數被解開的地平線

*

連牆壁
也像果實一樣
逐漸成熟
約定
一日
水甕和愛撫的手指　死者的遺照
只有沉默的它們
繼續守候——

＊

在桌子上
我放的
剪刀
水壺
小盒子
在桌子上
我放的
語言

與所有沉默的它們一起
語言啊

只存在於此
決不要
吭聲

*

睡著的妻子
隆起的腹部
現在離我最近
從此開始
在簡單的遠近法裡
我放著無數熟悉的物件
奶瓶
水果

《給你》———— 1960 年

堅固的路和小屋
水邊的森林
閃電
還有
擁抱它們的
長長的地平線……

*

鐘擺
縊死的屍體
熟透的葡萄
顯示它們沉重的搖晃
大地的嬌媚

沉默的釀造
驚人的
豐饒

*

隨微風飄動的
小兔子的
柔毛
它
作為語言
對總是沉默的
他
開口交談

《給你》———— 1960年

我
啊
嘴唇
生來就裂了

*

走向
語言
在這
熙熙攘攘之中
我
凝視
你

觸摸
你
進入
你
朝向
只有兩個人的沉默
我
跳躍
我
盲目
我
開始

《給你》————— 1960年

家族肖像

有灌滿水的
壺
吃了一半粥的
木勺
秋天的水果酒
還有支撐它們
沉重的餐桌

男人
穿著粗布衣
坐著
他有強壯的臂膀
和粗硬的鬍子
眼睛直盯著

《給你》———— 1960 年

還有些昏暗的
野外

女人
有豐滿的乳房
捲起的髮絲
溫熱的手
搭在男人的肩上

孩子
圓圓的額頭上
沾了泥巴
看似驚慌地
向著這邊

老人們
在牆上掛著的照片裡
與日曆並列
安詳地等待
像熊一樣的狗
在門口打哈欠

簡樸的祭壇
燈光閃閃
夜晚靜靜地
抵達黎明

《給你》———— 1960年

緩慢的視線 a portrait

1

看一個女人
從她大大的夏季帽子的影子望向這邊
看女人背後的燈台樹
看樹幹上的一個個瘤
飛馳而過的兒童腳踏車
落下來的噴泉
看不肯停止的一切
那被砸毀的銅像

《21》—————— 1962年

腳邊的螞蟻
螞蟻運走螞蟻的屍體

看伸過來的手
和從樹縫間落在那手上的陽光

看被打開的卡片
看我輝煌的勝利

2

看一個女人
那是我的祖母

看早就滅絕的爬行動物
那巨大清澈的眼

看海中漸漸下沉的帆船
那隨潮水搖盪的大三角帆

看整齊列隊的士兵
他們歌唱的骸骨

看被耕種過的石丘
看被燒毀的同一座石丘

《21》———— 1962 年

充血的臉頰
被敞開的肉體
看祭典的喧鬧中
美杜莎的脖子

3

看一個女人
她曾是我的戀人
正在搖晃的天平上
跳動著的心臟
報童高聲叫賣的聲音
響徹大街小巷
看無法捕捉到的東西
看世界無數的面孔
變色的底片
追趕馬的火車汽笛噗噗

《21》———— 1962年

被大頭針釘起來的各類天使
被舉起的馬丁尼酒杯

旋轉的唱片
看唱片上的微小傷痕

4

看一個女人
看我的妻子

看慢慢溢出的淚水
看被擠出的半透明乳汁

看寬厚的背影
裂開的脫脂棉

看飽滿的果實
和那果實未成熟的素描

看看過的一切
看不想再看那些東西的自己

《21》———— 1962年

被擦得發亮的走廊
像蛇一樣逃竄
淋浴的熱水出口
看突然靠近的唇

5

看一個女人
那是我的女兒

看長得像問號的肚臍
看耳垂上絨毛捕捉到的徒勞的光
白色寬鬆衣服的皺褶間
走不到盡頭的黎明
看那上面滲出的血
被拒絕的痊癒
月球表面厚厚的塵埃堆積和
乾涸的湖

《21》———— 1962年

向天空昂起的寬闊額頭
被丟出的小石子般的愛情
看不被允許看的東西
對著鬱鬱寡歡的美麗容顏

6

看一個女人
我的母親

像玻璃窗的另一邊
天空般湛藍的空壺

與打開的樂譜
以及照出和音的燭光

斷掉的珍珠項鍊
和自來水管垂下的冰柱

看被鞭打的孩子
擦不掉的黑板

《21》———— 1962年

從無數的詩句中
滿溢而出的海水
看在黑夜裡哭喊的父親
看誕生的我

7

看一個女人
那是我自己

看臉上重疊的臉
看被隱藏在肉裡的通道

在內心深處被接合的印象
沒完沒了的戲謔

寬大的舊床上
總是熱呼呼的屁股形狀

在岩石間的散步道上
被遺忘的一條熱毛巾

《21》———— 1962年

從未翻開過的書
看光潔無人的廚房
微髒毛毯的影子
看失魂落魄的巫女

鬍子

長出鬍子
長出鬍子男人的下巴上男人的嘴唇邊長出鬍子與黎明
一起長出來像陌生的植物新芽般長出鬍子為女人柔嫩
的面頰長出鬍子與薩爾瓦多達利一起長出鬍子努力長
出鬍子向著太陽長出鬍子的男人們
然而
刮鬍子天亮了刮鬍子一邊留意巴士的時間刮鬍子刮鬍
刀是吉列刮鬍子懼怕女人的愛撫刮鬍子一邊流血一邊
刮鬍子從鬢角到下顎　死魚從鏡子中漸漸滑落
刮鬍子
在刮過之後是藍色的海刮鬍子為了坎城的社交界刮鬍

《21》————— 1962年

子為了摩納哥的無聊刮鬍子像高爾夫球場的草坪般刮
鬍子的實習軍官刮鬍子的騙子刮鬍子的寡婦刮鬍子的
市民
不行！
應該留鬍子
像德州的仙人掌一樣
應該留鬍子像卡斯楚一樣應該留鬍子像林肯一樣留鬍
子尋求自由留鬍子尋求非議留鬍子為女人們留鬍子獅
子的兄弟留鬍子好久不見地獄的鍾馗留鬍子自然地非
常自然地留鬍子然後進行演說的男人們

cool

這裡很冷
這裡很冷啊　邁爾斯[1]
雖然我有妻兒　邁爾斯
這裡很冷
你是冷酷無情的黑鬼　邁爾斯
別丟下我離去
別對我們的文明棄而不顧
這裡很冷　邁爾斯　而且
你冷酷無情
你厚厚的嘴唇吐出的話是冷漠的
比任何一幅陳列在紐約畫廊的
抽象畫都要冷漠
比貪婪的法國時裝模特兒的吻還要冷漠
啊　是多麼的時尚生活

《21》────── 1962年

這裡很冷
儘管我有股票有汽車有別墅
這裡很冷啊
你是冷酷無情的黑鬼　邁爾斯
用桃紅色的血侮辱我們
用白色的掌心悄悄打我們耳光
儘管我有巴赫和林布蘭
你從邦戈鼓的子宮中誕生
在藍調的碧藍運河底長大
在哈林區的妓院裡
獨自用撲克牌占卜
然後一直凝視我
這裡很冷啊
你柔和的弱音器已經足夠了

代替寵物來吹奏我吧　邁爾斯
用你的氣息溫暖我　潤濕我吧
我會把我那從頭到腳金髮碧眼的女人丟在電梯裡
請在你黑色的新地圖上寫入我的閣樓吧……

你是冷酷無情的黑鬼　邁爾斯
我要對你施加私刑
這裡並不冷
因為我擁有一切！

《21》———— 1962年

1 編注 Miles Dewey Davis（1926–1991）美國爵士樂演奏家。

大人的時間

孩子過了一週
會增加一週的伶俐
孩子在一週內
能記住五十個新詞
孩子在一週之間
可以改變自己
大人就算過了一週
卻還是老樣子
大人在一週之間
只翻同一本週刊
大人花了一週的時間
只會訓斥孩子

事件

出事啦！
記者報導
評論家分析
好事之徒批判
毫無關係者興奮
所有的人都在談論
然而只有死者緘口——
不久好事之徒忘了
評論家記者忘了
所有的人忘了
忘了這事件
也忘了死
然而遺忘卻成不了事件

大小

小的戰爭是不得已
為了防止大的戰爭

小的不自由是不得已
為了守護大的自由

一個人的死是不得已
為了防止千人的死

千人的死也是不得已
為了保衛一個國家

說是大能兼小
說是量能兼質

死

在明白死因時
死並不會解釋
在抓到犯人時
死也不會賠償
死就是
死
死會突然來臨
沒有任何解釋
秋天的陽光閃耀在那個死之上
同樣沒有任何解釋

是誰……

是誰殺害的？
無名的士兵
在看不見的邊境上

是誰製造的？
冷酷血腥的槍
用愛撫過孩子的手

是誰決定的？
對與不對
以冠冕堂皇的口吻

人人都在尋找著那個誰
自己以外的誰——

照片

拍照片
拍戀人的照片
拍嬰孩的照片

拍照片
拍基地的照片
拍絕密的照片

拍照片
拍月亮的照片
拍火星的照片

沒辦法拍成照片的
是人的心

竊取

能竊取名譽
卻無法竊取自豪
能竊取語言
卻無法竊取詩歌
能竊取家
卻無法竊取藍天
能竊取衣服
卻無法竊取裸體
能竊取帝王
卻無法竊取自己

猥褻

任何的色情電影裡
相愛的夫婦不可能存在猥褻
愛如果是人類的
猥褻也是人類的
勞倫斯　米勒　羅丹
畢卡索　歌麿　萬葉集的歌人們
他們害怕過猥褻嗎
電影不是猥褻
我們本來就是淫穢的
熱情　溫柔　勇猛
而且如此醜陋　如此羞澀
我們是猥褻
每日每夜都在猥褻
不管怎麼說就是猥褻

人道主義

敵人是誰？
敵人是人
同伴是誰？
同伴是人
殺的是誰？
殺的是人
被殺的誰？
被殺的是人

人是誰
人就是人

猴子和宇宙人之間的不和諧！

孩子是……

孩子仍是一個希望
即使在這扭曲的時代

孩子仍是一種歡喜
甚至在所有的恐懼中

孩子還是一位天使
不相信任何神

孩子還是我們的理由
活著的理由賭上死的理由

孩子仍是一個孩子
哪怕在石頭的臂彎裡

最後

最後說話的
不是人的口
不是語言

最後說話的
是人的手指
扣扳機的手指

為保住性命
可以成為啞巴聾子瞎子瘸子
就算陽痿也無妨

笑到最後的
是誰？

《99首諷刺詩》———— 1964年

世界

有一塊漸漸磨損的石頭
風吹雨打
過了一萬年
仍然沒有完全化為無的石頭

有一束穿行宇宙的光
在仙女座遙遠的彼岸
過了十萬年
還是沒有抵達的光

忽然吹來的一陣風
瞬間讓黃色玻璃發出聲響
就這樣
消失的風

《谷川俊太郎詩集》「未發表詩篇 1961－1964」———————— 1965 年

有一個不斷思考的男子
任由女人愛撫
不論年齡多大
仍是懵然無知

有一具被射中的小鳥屍體
沒有人發現
在枯葉上
靜靜地腐爛

水的輪迴

1

有苔蘚
有心

永遠
有時間

2

滴水
滴滴答答地持續著

隨著水滴
去來世

3

對洞鑿
鑿著洞

好色的手指
看不見

4

萎靡不振之間
之間
再之間
鬼與
蛇也沒有出現

5

裂開的腳底踩著大地的衣裳

6

悶在地下水裡的呻吟是桔槔[1]
不斷向上也到不了來世
來世來世請給我水
搶水搶到流出的血

漏出來積起來塞住滲出
有人在得到的水田裡
是水神群集
是水滴盈聚
還是淚流滿面的農民起義

流出的淚水是無望的
有和沒有過的事情在水中流逝
今天是值得慶賀的水祭[2]
澆過水的白旗
緊緊懷抱流產的嬰兒[3]
轉呀轉的水車

7

擰緊繼續擰緊
微笑的絹絲將汗的棉花

稀釋再稀釋之後
連脹滿水的肚子也擰了
在水牢以水刑拷問
吐出來的膽汁

萎縮的睪丸沒有任何祕密地
讓肚子膨脹死去的貧困農民

取吧取吧取來死水[4]吧
水裡映現的是昨天今天明天
日本萍蓬草的世世代代
流啊流

8

短暫的 H_2O
水究竟為何物

這種稱作水的液體
從歷史漏出
從譬喻灑落
從精神溢出
潺潺湧出

因為骯髒的杯子裡曬溫的水
也能解渴
我無法跨越地平線

9
是處女
漱口的泉

映在晨霧中的
大千世界

10

扭曲的渦輪

老去的三角洲

搖擺的水母

單細胞

1 編注 古時候的汲水用木桿。

2 譯注 水祭指日本舊風俗裡親族在第一個正月往新郎身上潑水的儀式。

3 譯注 為溺死者和因生產死去的女性舉行的一種巫術，通常在人多通行的場所立上繫有紅布的四根棍子，然後緊緊懷抱流產的嬰兒。

4 譯注 日本民俗裡「死水」指盛在碗裡潤濕臨終者嘴唇的水。

木牆

木牆上釘著黃銅釘
木牆露出木紋
木牆上掛著魚的畫框
木牆之上連接著木質天花板

觸摸木牆
幾乎是指尖感覺不到的粗糙
聞了聞木牆有一點清漆的味道

想像木牆
聯想到天空森林河流和男人們的手
然而一切都成往事
木牆現在正處於漸漸腐朽的過程

木牆的對面下著雨
我不會被雨淋
木牆很硬　無法用手敲碎

在的東西

它曾被
稱為花朵
直到枯萎
短短的時光

但現在
曾幾何時它會從無滲透出來
在那裡復活的東西
是什麼

一個的
靈魂的
輪廓的

《谷川俊太郎詩集》「未發表詩篇 1961－1964」——————— 1965 年

是多麼
嚴酷的曖昧
與死亡一紙之隔

線條

自然地
線條繁茂著
遮住了無

文字散開
回到
那個意義之上

緯度散開
嶄新的花神
覆蓋世界

但即使散開
即使散開

靈魂也糾纏一團……

夢中的設計圖

在黎明
夢中的
一張白紙上
畫上水
再畫上城市
教堂的影子
隨波晃動
一隻鴿子已經溺水
我們的夢
是多麼脆弱啊
美
增加了
沒有祈禱
還能夢到什麼呢

《谷川俊太郎詩集・日本詩人17》———— 1968年

無論多麼堅固的
石子路
也會從我們夢的迷途裡
誕生
無論多麼高聳的
尖塔
也會在我們夢的黑暗中
被試探

石和光

石不反光
石不吸光
石上停著一隻虻
光在牠的絨毛上閃耀
光剛剛抵達地球

《谷川俊太郎詩集・日本詩人17》——————— 1968年

早晨的接力

堪察加的年輕人
夢見長頸鹿時
墨西哥的女孩
在早晨的薄霧裡等待著巴士
紐約的少女
面帶微笑睡著翻身時
羅馬的少年
向染紅朝陽的柱頂眨眼
在這個地球上
早晨總是在某一個地方開始

我們把早晨一棒一棒傳下去
從經度到另一個經度
然後交替守護地球

《谷川俊太郎詩集・日本詩人17》———— 1968年

如果在臨睡前側耳傾聽
遠處有鬧鐘響起
那是你傳遞的早晨
有人確實收到的證據

死去的男人留下的東西是

死去的男人留下的東西是
一個妻子和一個孩子
其他什麼也沒被留下
一塊墓碑也沒被留下

死去的女人留下的東西是
枯萎的花和一個孩子
其他什麼也沒被留下
一件衣服也沒被留下

死去的孩子留下的東西是
扭傷的腳和乾掉的淚水
其他什麼也沒被留下
一個回憶也沒被留下

《谷川俊太郎詩集・日本詩人 17》———— 1968 年

死去的士兵留下的東西是
壞掉的槍和扭曲的地球
其他什麼也沒能留下
一個和平也沒能留下

死去的他們留下的東西是
活著的我和活著的你
其他誰都沒留下
其他誰都沒留下

死去的歷史留下的東西是
輝煌的今天和將要到來的明天
其他什麼也沒留下
其他什麼也沒留下

昨日的污漬

即使看著是新的
今天也有昨天的污漬
不能用漂白劑
說一句都過去了
眼淚只能用淋浴來洗

肉體的傷尚未癒合
心靈的傷還在隱隱作痛
不能用止痛藥
說一句對不起
痛苦只能用酒緩解

即使有不願想起的回憶
也有難以忘記的日子

《谷川俊太郎詩集》——————— 1968 年

不能吃維他命
說一句還有明天啊
希望只能自己去追尋

這就是我的溫柔

可以想關於窗外的嫩葉嗎
想著關於它對面的藍天也可以？
可以想關於永遠和虛無嗎
在你即將死去時

在你即將死去時
我可以不去想關於你的事嗎
去想離你很遠很遠的
活著的戀人可以嗎？

那些都和想你有關
我可以這麼相信嗎
可以變得那麼堅強嗎
托你的福

《谷川俊太郎詩集》———— 1968年

鳥羽 1

沒有什麼要寫
我的肉體被太陽曬著
我的妻子很漂亮
我的孩子們很健康

讓我跟你說實話吧
我以詩人自居
但其實我不是詩人

我被創造且被擱置在這裡
看太陽那樣地落在岩石的縫隙間
大海反而昏暗

在白晝的靜寂之外

《旅》——————— 1968 年

沒有想告訴你的事情
縱然你在那個國家流血
啊啊這不曾改變的耀眼！

鳥羽 2

我不想讓此刻成為永恆
此刻以此刻存在就好
我有把剎那做為已有的才智
太陽現在已運行著

這句話
也不過是在沙子上寫的
不是用手指
而是用把愉悅立刻變成不高興的心

孩子像我
孩子不像我
像與不像都令我開心

《旅》—————— 1968年

像貝殼和小石子和瓶子碎片一樣
堅硬且脆弱
我的心也隨著星辰的波動而起伏

鳥羽 3

拾柴老婦人看到的是沙子
我從旅館的窗口看到的是一條地平線
一邊挨餓一邊活過來的人啊
來拷問我吧

我總是活得酒足飯飽
現在還在打嗝
我想我至少值得憎恨

老婦人啊　我的語言對於你有何益
已經不想贖罪了
勒死我的是你手中
你看不見的地平線

隱約聽得見克萊曼悌[1]的小奏鳴曲
沒有人跟我說話
是多麼深邃的舒暢

1 編注 穆齊奧・克萊曼悌（MuzioClementi, 1752–1832），義大利作曲家、鋼琴家，成名於倫敦。創作了大量鋼琴奏鳴曲和小奏鳴曲，被譽為「鋼琴之父」。

鳥羽 4

自己的唾液差點嗆入氣管
引發一陣劇烈的咳嗽
說不定就這樣死去

無法用語言預見的東西
從大海潛入我的心底
我厚厚的詩集化作灰燼

我凝望眼前的岩石
凝望松樹
執著於凝望
也沒有任何表現的慾望

沒有詩

《旅》——————— 1968 年

沒有音樂
心中卻湧出一段節奏
淚水在眼眶裡打轉

鳥羽5

那樣寫下的
口齒不清的語言
與我的什麼相稱呢？

知道寫不出什麼
卻不知道寫了什麼
一艘小船從海上歸來
卻不見水手

語言不乘風來
語言不落紙面
不為我用
不要再問了

《旅》————— 1968 年

回答如同　我和我的身體
如果有對我的抱怨
那只有無言而已

鳥羽 6

大海
這個詞裡也有欺騙
但我還是越說越激昂
面對暴風雨來臨前的洶湧浪濤

大海啊……
然而我張口結舌
在那之後的黑暗中　妻子啊
伸出你被太陽曬黑的手臂

你的身體不需要任何比喻
嘴封住嘴
無味的汗液滑落

《旅》———————— 1968年

可是人卻呻吟
呻吟已經變成無意義的呢喃
離發熱的耳朵比大海還近

鳥羽 9

輕輕地
走得再輕也會發出聲音
在這麼厚軟的地毯上

這也是來自什麼人的留言
是無法言說的私語
這聲音也是語言

在機器的嘎嘎聲裡也沒有聾過
而今
我卻用雙手
緊緊地捂住耳朵
於是更大聲地

傳來人血液的循環聲
傳來向我說話的聲音
無比平靜的聲音

旅 2

吉普賽流浪者
敲著車窗喊叫
語言不通
奧斯蒂亞[1]

埋在泥裡的土牆
乾涸的井
松果

那裡是這裡
不是其他地方的這裡
流浪者的這裡我的這裡
我在這裡

無法逃脫
就連藍天
也早就被人的手觸摸著

1 編注 Ostia，古羅馬的河口城市。

旅 3

亞利桑那

一條路向地平線延伸
什麼也感覺不到很痛苦
回頭一看
一條路從地平線而來

風景分不清是大是小
它映入我的眼簾
它只是它

它曾是世界嗎
曾經是我嗎
至今亦無言

而且我已經

《旅》—————— 1968 年

我什麼都無所謂
抵達無言的中心了
自己的語言卻是干擾

旅 4

阿利坎特[1]

看一張明信片
不是回憶
也非此刻
之時

心是透明的
心的對面看得見大海
不灰暗也不耀眼

不要隔開
語言！
我和大海之間

太陽穴上的

一滴汗
地名的
是多麼清晰

1 編注 Alicante，西班牙的海港城市。

旅 7

岩石和天空保持著平衡
有詩
我卻寫不出

推敲沉默
沒有抵達語言的途徑
推敲語言
抵達這樣的沉默吧

以樹的形狀
樹搖曳出風聲
是哪裡的風景都無所謂
如果看到的都能感受

《旅》———— 1968 年

一切會美麗地生輝
如果看到的都能寫出
時間也會停留吧

anonym 3

——致武滿徹[1]

在又白又大的五線譜紙一隅
聲音開始湧現
如孑孓般

從內在深處的
被堵塞的空洞
吐氣
與春天的大氣混在一起

誰也不想聽
但有誰在傾聽著的現在
蕾絲窗簾隨風搖曳
孩子們大叫

在又白又大的沉默的一隅
聲音開始湧現
像星雲般　遙遠

1 編注　武滿徹（1930－1996）日本當代著名作曲家與散文家。生前跟谷川俊太郎、大江健三郎、小澤征爾等詩人和藝術家情同手足。

anonym 4

午後的陽光
落在剛被碾死的貓的屍體上
想停留的話
能夠在那裡停留一生的靈魂

但轉瞬即逝
留下那麼多東西
以無言

無論多麼小的東西
也無法道盡
沉默的內在是
所有的語言

《旅》———— 1968年

閃耀著金色的雲的輪廓
音樂的
誘惑

anonym 7

昨天還寫過
今天我已然忘記詩的寫法
我是無一技之長的中年男子
只有慾望還留著

該從何開始才好呢
牆外喧鬧的交談聲
被風吹響的玻璃
我的呼吸

世界沉默著
只要我沉默
就是那瞬間的均衡——

《旅》———— 1968年

撐著手肘
眼睛凝視牆壁
我的樣子宛如人面獅身……

anonym 8

呼吸轉為紊亂的思緒
思緒成為劇烈的喘息
喘息變成壓抑的私語
私語突然化作呼喊

然而語言從未被定義
呼喊變成無言的行為
行為無休止地凝視死亡

它總會轉化為歌謠
歌謠會重新歸來
朝著眾人相互混合的呼吸
呼吸內部的沉默

《旅》———— 1968 年

是樹葉散落的怒號　藍天的悲鳴
是成堆死屍的咆哮

看

看
看最小的東西
看飛去的電子
但卻看不見無

看
看最大的東西
看遠方的螺旋星雲
但卻看不見無限

然而還是看
看人
想要看的
哪怕是眼睛無法看到的東西

《俯首青年》——————— 1971年

看
看原野裡的一朵花
看升空的火箭
在同一束光線下

看
在看慣了的妻子臉上
在遇難士兵的照片上
看被刻下的自己

和平

和平
它像空氣
理所當然
不必祈求
只要呼吸它就好

和平
它像今天
是無聊的東西
沒有必要歌頌
只要容忍它就好

和平
它像散文

平平淡淡
無法祈禱它
因為該祈禱的神不存在

和平
它不是花朵
是培育花的土壤
和平
它不是歌
是活生生的嘴唇

和平
它不是旗幟
是骯髒的內衣

和平
它不是繪畫
是陳舊的畫框

踐踏和平
操縱和平
就一定有得到的希望
與和平交戰
戰勝和平
就一定有得到的喜悅

《俯首青年》———— 1971年

大海

在翻捲的雲之下
浪花翻湧星星的皮膚
有時將巨大的油輪
像樹枝一樣折斷
有時讓小小的獨木舟
優雅地漂浮

是一張未被沖洗的
陸地的底片

波紋連著波紋
隔開神與神
困住無數的島嶼

販運奴隸

粉碎著閃爍的白浪
最深沉的藍

對於貧窮的漁夫
是捕撈滿滿一網的魚

對於做夢的少年
是一條直直的水平線

向著彼岸反覆拍打
人類誕生前的聲響

大海啊

湖

在唯一的一條小徑上迷路
悲傷的根源沒有緣由
你與湖邂逅
沒有誰能從這裡走往前方
除了將自己作為祭品禱告不停的人之外

無可挽回的事情
已經在這裡發生
儘管它
生於何時
並未記載於歷史

《俯首青年》———— 1971年

傍晚

太陽遲遲不落的一刻
柿樹的綠葉漸漸失色的一刻
目睹宇宙旋轉的一刻
懺悔的人與
交尾的蟲
析出的結晶體

太陽遲遲不落的一刻
餘暉落在干城章嘉峰[1]的雪頂
移動的陰影西渡大洋
那個人過得如何呢
一個響徹的聲音
在所有的書頁

太陽遲遲不落的一刻
哭鬧不止的嬰兒們
佇立的馬
曼陀羅

1 編注　干城章嘉峰（Kanchenjunga）世界第三高峰，位於喜馬拉雅山中段尼泊爾與印度邊界處。

後悔

五種感情・之一

當時這樣做就好了
只因有這種無用的假定
雖然想用語言銷毀過去
但眼前了無人蹤的海灘
閉上眼睛也不會消失
想要至少後悔得很出色
把過去作為痛苦的教訓夢想未來
成為對你那天無可取代的
易毀的可愛的背叛
反覆湧來的波浪告訴我們
真正的重複一次也不會發生
如果像野獸一樣沒有語言
此刻孤寂的蔓延
彷彿可以天真地嚎叫著忍耐

羞恥

五種感情・之二

欲遮掩羞恥
卻總是遮掩不住
於是欲遮掩的羞恥
是你生命顫抖的中心
從映入別人眼簾的地方
你融化得無蹤無影
如此纖弱的心之芯
無論怎樣相愛
也無法分享
從停止遮掩時起
羞恥固執地變作化石
從蟄伏的眼睛深處通往星空的道路
被更加粗暴的憤怒和悲哀的碎片
牢牢堵住

輕蔑

五種感情・之三

映在你凝視某物的臉龐上的表情
不停微微地搖動著迷惑我
即便你硬要給它取名
我也不相信這個稱呼
被命名的情感只是掩飾著比它深處更深的
未被命名的情感
然而還沒成為語言
從你的眼從你的唇
直射出的東西就傷害了我
我想向自己探尋
你內心如此尖銳的理由
卻已經失去了那份勇氣
我只有像藍天下的一團土塊
一動也不能動地緩緩碎裂

嫉妒

五種感情・之四

我要成為王者在名為你的領土的
小河以及城市以外的各個角落
完全控制的這個想法
其實我連一張地圖都不曾擁有
當我走在自以為熟悉的路上
卻突然看到從未見過的美麗牧場
我像凍僵似的動彈不得
我心裡偷偷地期望
寧願那個地方是一片沙漠
別說征服連探險我都無法完成
我迷失在你的森林裡
說不定將會橫死路旁
為了那樣的我而唱的你的那首輓歌
我希望不會傳入任何人的耳朵

憐憫

五種感情・之五

那些不足掛齒極其平常的事情
比如關於看著孩子們的玩耍
湧上心頭的東西
誰能夠說得清
那不是湧現在人的內心
而是一個宇宙般將人從外面包圍
儘管秋陽照耀的一枚枯葉
很快腐爛且被人遺忘
但我們的眼和手和心
無可救藥會接觸到的今天
像藍天一樣被無限的事物擁抱
我們是無言的嬰孩
只許將無力的雙手
伸向世間萬物

《俯首青年》————— 1971年

離婚協議書

我瞞著你去區公所
領了一份離婚協議書
在你睡著後
在那張薄薄的紙上
寫下我所記得的事情
包括七年前兩人的結婚日期
那一天晴空萬里
我們在教會的草坪上拍了照
然後我用這張紙折了飛機
紙太薄它完全飛不起來
墜落在熟睡的你的屁股上
我重新展開那張紙
盯著自己工整的字跡
把它揉成一團扔進廁所

《俯首青年》———————— 1971年

我睡著了
在你身旁

雨呀下吧

雨呀下吧
在沒人愛的女人身上
雨呀下吧
代替流不出的淚水
雨呀下吧　悄悄地

雨呀下吧
在乾裂的田地之上
雨呀下吧
在乾涸的井之上
雨呀下吧　現在立刻

雨呀下吧
在汽油彈的火焰之上
雨呀下吧

《俯首青年》———— 1971年

在燃燒的村莊之上
雨呀下吧　猛烈地
雨呀下吧
在無邊的沙漠之上
雨呀下吧
在被埋下的種子之上
雨呀下吧　輕輕地

雨呀下吧
在復甦的大地之上
雨呀下吧
為了輝煌的明天
雨呀下吧　今天

在窗的旁邊

在窗的旁邊有窗
旁邊的旁邊還有窗
窗映照著天空
臉從窗口窺視

在窗的對面有山
對面的對面還有山
有人藏在山中
風從山中吹來

在人的身邊有人
身邊的身邊還有人
人把愛情藏起來
汗味從人身散發

《俯首青年》———————— 1971年

在夜的那邊有夜
那邊的那邊還有夜
夜晚堆積起石頭
夢想從夜晚誕生

在夜的深處有故鄉
深處的深處還有故鄉
那裡也有人在歌唱
黎明將從那裡到來

然後每一天

——給南桂子[1]

船隻確實
向著未知的海角漂泊
魚確實
等待著產卵的日子
鳥確實
畏懼著獵槍
少女確實
知道自己的命運
在一幅畫中
有無數的決斷
靜靜的
眼睛看不到的決斷

然後每一天過去

然後每一天

被花瓶裡
枯萎的花包圍
被麵包和廂型車包圍
被語言包圍
被露台和歌聲和
警笛包圍
被都市包圍
被天空包圍
被夜和夜裡的愛包圍
指尖
試圖尋找
不應該存在的東西

然後每一天過去
然後每一天

在午後
小憩的你的身後
靈魂踩出的路
延伸著
那裡明明沒有人
卻傳來笑聲
啜泣和
搖曳聲
無休止地反覆
浪聲不絕於耳

《俯首青年》—————— 1971 年

然後每一天過去
然後每一天
即使在一幅畫中
也決不會停留——

1 編注 南桂子（1911－2004）出生於日本富山縣的銅版畫家。

樹

1

樹之所以能夠站在這裡
正因為是樹
而樹為何物我卻無從所知

2

若不把樹稱作樹
我甚至無法寫樹
若把樹稱作樹
我只能寫樹

3

但是樹

一直是超越稱為樹的語言之物
某日早晨我真正觸摸過的樹
是永遠的謎

4

若看著樹
樹以它的樹梢為我指向天空
若看著樹
樹以它的落葉告訴我大地
若看著樹
世界從樹變得明朗起來

5

樹被砍伐
樹被刨削
樹被鑿刻
樹被塗抹
越被人類的手指觸摸
樹就變得越頑固

6

人們給樹取了許多不同的名字
可是
樹寡言無語
但當樹隨微風沙沙作響時

《俯首青年》——————— 1971 年

在各個國家
人們只是傾聽一種聲音
只是傾聽一個世界

活著

活著
現在活著
那就是口渴
是穿過枝葉耀眼的陽光
是忽然想起的一首旋律
是打噴嚏
是與你手牽手

活著
現在活著
那就是迷你裙
是天文館
是約翰·史特勞斯
是畢卡索

《俯首青年》————— 1971年

是阿爾卑斯山
是與一切美好的事物相遇
還有
小心翼翼提防潛藏的惡

活著
現在活著
是會哭
是能笑
是敢怒
是自由

活著
現在活著

是現在遠處的狗叫聲
是現在地球正旋轉著
是現在某處呱呱墜地的啼哭
是現在某個地方士兵受了傷
是現在鞦韆的搖盪
是現在時光的流逝

活著
現在活著
是鳥兒展翅
是海濤洶湧
是蝸牛爬行
是人的相愛
是你的手溫

《俯首青年》———— 1971 年

是生命

裸體

從雪白的大理石
雕刻出來的你
先是胸肌迎受初次的風
臉上留著粗糙的鑿痕

眼睛朝向看不見的東西
手應該伸展開
支撐它

伸展著嘆息
把憤怒和悲哀
表達成同一種性質

右腳優美地踏出一步

左腳還在起泡的岩石中
淺小的肚臍窩裡
已經有了優美的陰影

從雪白的大理石
就要誕生出來的你
你的嘴唇喘氣似的張著
發出沉默激烈的叫喊

體內

體內
有深沉的呼喊
嘴因此閉合

體內
有不亮的夜晚
眼因此而睜

體內
有滾落的石頭
足因此而駐

體內
有被關閉的電路

心因此敞開

體內
有任何比喻也無法言說之物
語言因此被記錄

體內
啊體內
有將我與你結合的血肉

人因此而
各不相同

微笑

因為無法微笑
藍天浮起雲彩
因為無法微笑
樹木隨風搖擺

因為無法微笑
狗兒搖尾——可是人
明明能夠微笑
卻時時將它忘記

因為能夠微笑
用微笑騙人

《小鳥在天空消失的日子》———————— 1974 年

早晨

早晨又來了我還活著
夜間的夢忘得一乾二淨的我看見
柿子樹光禿禿的枝條隨風搖動
沒帶項圈的狗睡臥在陽光中

百年前我不在這裡
百年後我不在這裡吧
就像理所當然的事
地上一定是意想不到的地方

不知何時在子宮裡
我是小小的卵子
然後變成小小的魚兒
然後變成小小的鳥兒

《小鳥在天空消失的日子》———— 1974年

後來我終於變成了人
花了幾千億年活過這十個月
我們也必須複習這種事
因為以前總是過度預習

今晨一滴水透出的冰冷
告訴我人是什麼
魚兒們和鳥兒們還有
也許會吃掉我的野獸
我想分享那水

戀愛的開始

明明是不停地想著你
卻怎麼也想不起你的容貌
回過神來發現自己反覆哼著
偶然聽到的那一小節音樂
雖然我想見你
但與其說那是熱情不如說是好奇
自己究竟變得怎麼樣呢
想再次來到你的面前確認
卻想不出之後會怎麼樣
我也無法想像擁抱你
只是除你之外的世界倦怠無比
我像高速攝影電影中的男演員
緩緩點上香煙
開始覺得沒有你的生活

彷彿是一種快感
你說不定是我曾幾何時在異國見過的
古老而美麗的雕像之一
在它旁邊噴泉高高地在陽光下閃爍

以為

以為自己還活著
一邊歌唱一邊交配的小鳥死去
以為自己還活著
專心工作的人死去

我並不懼怕自己的死
怕的是小鳥死去
怕的是人的死去

以為自己還活著
風吹動著葉子樹死去
守護著月亮大海死去
以為自己還活著

《小鳥在天空消失的日子》——————— 1974年

我寫下的語言死去
在樹和大海和小鳥和一具死屍之上
以為自己還活著

我歌唱的理由

我歌唱的理由是
一隻幼貓
被雨淋濕後死去
一隻幼貓

我歌唱的理由是
一棵山毛櫸
根潰爛枯死
一棵山毛櫸

我歌唱的理由是
一個孩子
瞠目結舌呆立不動
一個孩子

《小鳥在天空消失的日子》——————— 1974 年

我歌唱的理由是
一個男子漢
轉過身蹲下
一個男子漢

我歌唱的理由是
一滴淚
後悔與不安的
一滴淚

小鳥在天空消失的日子

野獸在森林消失的日子
森林悄然靜默屏住呼吸
野獸在森林消失的日子
人繼續鋪路

魚在大海消失的日子
大海茫然地捲起波濤呻吟
魚在大海消失的日子
人繼續建設港口

孩子在大街上消失的日子
大街變得更加熱鬧
孩子在大街上消失的日子
人繼續建造公園

自己在人群中消失的日子
人彼此變得十分相似
自己在人群中消失的日子
人繼續相信未來

小鳥在天空消失的日子
天空靜靜地流淚
小鳥在天空消失的日子
人無知地繼續歌唱

草坪

於是我不知何時
從某地奔來
意外地站在這塊草坪上
我的腦細胞記憶著
所有該做的事情
因此我以個人的姿態
開始有關幸福的訴說

《夜晚我想在廚房與你交談》——————— 1975 年

夜晚 我想在廚房 與你交談

1

一男一女的中學生
坐在地鐵的長凳上
貼著柴郡貓[1]一樣的笑臉
用粉紅色的牙齦交談著

地鐵轟隆隆地到站
我想他們倆要上車但卻沒上車
地鐵轟隆隆地駛離
這就是這個時代的思考脈絡

為什麼不趁早去做呢
我只顧自己忙碌

在你們到我這年紀前
我無法關注你們哪

2

致武滿徹

今夜你也許還會在哪兒喝酒
聽得見冰塊碰撞玻璃杯的聲音
你在口若懸河時還會突然沉默吧
我們苦惱的根由是一樣的
但是發洩方式卻各不相同
你會打老婆嗎？

3

致小田實[2]

只譴責總理大臣一個人是徒勞的
他連一個國家的象徵都不是
你的大阪方言是永恆的
而總理大臣卻很快換掉

電冰箱裡流動著潺潺水聲
我在廚房喝著咖啡
因為正義非我本性
至少要把字寫得工整

然後明天來臨

倏然滑進歷史
等再從歷史裡爬出時
神祕而傲慢

在夜晚裡能說一聲早安嗎

4

致谷川知子[3]

你生氣不是沒道理
我說讓你愛最醜陋的我
而且不是借著酒意

真的是走投無路了啊

我一定有必要像伊底帕斯
那樣的宣洩
之後只要能好好倖存下來吧
而且也不變成瞎子

合唱團會為我唱什麼歌呢
一定是異口同聲地喊叫著
所謂的戀母情結吧

那也是有一番道理的
解釋這種東西總是晚一步
我真正想要的其實是
荒誕透頂的神諭

5

我已經厭倦了說自命不凡的話
與印刷機的交談也敬謝不敏
即便是幽靈我也願意讓它坐在我面前
儘管一一回應也讓人討厭

錢要能變成樹葉就好了
不是全部只要大約一半
然後望著樹葉
就能呆坐一整天

閃電由遠而近
要能馬上下雨也不錯啊

比起法律條文
有小偷來也許不是壞事

幽靈漸漸返老還童
假如回到被下毒之前的岩石
我能夠讓她幸福嗎

6

要說完全沉默也並非不好吧
總之像管弦樂的銅鈸似的人
只要一次或至多兩次
用盡全力呼喊之後坐著
至於坐著時要做什麼

養蜂也不錯
於是呼喊的主題也與蜜蜂有關

主題雖說是關於蜜蜂的
結果還是在講述自己的人生
即便是啊地大喊一聲
聲調也完全不同
聲帶也好小舌頭也好舌頭也好
讓人覺得都變得極其肥厚
但並不僵硬

唾沫四濺

7

寫一張明信片吧
明信片上寫著我很好之類的
但準確說還有點不對
寫我不好也是不正確
真相介於兩者之間
如果換個詞說還好又顯得有些狡猾
所謂的還好是絲棉般大量的絕望和
鉛塊似的微量希望在相互平衡的狀態
像星期日的動物園
擠滿了猴子和人
反正寫一張明信片吧

在明信片上寫上我很好吧
喝過可樂之後
儘管都還不知道
你和我誰會踏上旅途

匆此

8

致飯島耕一[4]

頃刻之間寫下幾首像詩一樣的文字
你可要掌握這種文體啊
你說你患了憂鬱症在嗜睡
而我卻患了憂鬱症還醒著

因為我不知道該做什麼才醒著寫東西
因為寫著大概不會是憂鬱症吧
但一切都無聊透頂
甚至也討厭起莫札特
總想觸摸些什麼
比如做工很好的原木盒子
能摸著就想把玩
能把玩了接下來就想抓著
能抓到還想再敲打一下
你會怎麼樣呢
你的手指怎麼了
大拇指還是大拇指嗎？
大便還正常嗎？
你這膽小的傢伙

9

題目是什麼都無所謂
給詩下標題俗不可耐
儘管我是個凡夫俗子
現在我沒有時間給詩下標題

如果要下標題就給所有都下標題
否則取個這時或那時
院子裡的杜鵑花開了
它不假思索地盛開因而美麗無比
雖說如此也不會有杜鵑這種標題吧

雖然我寫著杜鵑
但腦子浮現出來的是別的事情
糟糕的日語比比皆是
如果只有杜鵑與此無關就還好
靈魂僅此一個

10

仿查理・布朗

床下有一雙穿慣的鞋啊
今早起床時我還想著它
時間與鐘錶真是像
不厭其煩地運作哪

換個話題吧

風從雜草上吹過
我再一次望著看膩的景色

換話題不容易哪

11

如果素昧平生的傢伙突然嘔吐著
一邊倒向你
你能抱住他嗎
當然是在拭去襯衫上的嘔吐物之前

我也許會抱緊他
但在抱著的瞬間會把抱著的自己
裝進畫框裡凝視過吧
為了在別人之前先批評

為嘔吐物的味道而嘔吐
是回到家之後
這比偽善更惡劣吧

舉出這樣的例子
你也許會說吃不消
可是我已經寫出來了

怎麼辦？

12

鉛筆掉到地板上發出很大聲響
妻子翻著身
我很在意這樣寫
是因為我失去了過去
回顧過去讓人頭暈眼花啊
人過於思考各種事情
老實說很費神啊
所以自己則什麼也不想
但我還是感受到彷彿鉛筆掉下的聲音
喀啷滾著
因為不存在過去也不會有未來之音

儘管如此——
今後不會有任何的繼續

13

致湯淺讓二[5]

日比谷公園的噴泉被照出七種顏色
在那中間站著一個男人
在噴泉飛濺的水花中張開雙手站著
圍在四周的人拍手叫絕
風還很冷啊

太陽落下前在露天音樂場
我聽著民謠演唱會

幾架紙飛機飛起——落下
班鳩琴的聲音響起
樹梢隨風搖曳出無數雷同的歌

音樂毀滅我音樂拯救我
音樂拯救了我音樂毀滅著我

14

致金關壽夫[6]

我必須為自己做一次
精密的手術
唱這歌的是貝里曼[7]吧他自殺了
模糊記得其他的幾個人也是同樣的結局

好想把一切和盤托出
但和盤托出的瞬間卻變成了別物
在言及被太陽照耀的吸血鬼時
靈魂中的語言與觸及空氣的語言
既相似又不相似

還記得嗎
無言時內心的充實
如果可以我想不斷地默然無語
不然還不如只是啞口無言
手指戴上漂亮的戒指
忘掉自我

《夜晚我想在廚房與你交談》———— 1975 年

〈夜晚我想在廚房與你交談〉

這組詩是一九七二年五月某夜即興用鉛筆寫就的。同年六月二十六日朗讀和錄音，八月同意作為記錄出版成書並大量印刷發行。

1 編注 柴郡貓（Cheshire cat），《愛麗絲夢遊仙境》中裂嘴而笑的貓。

2 編注 小田實（1932－2007）出生於大阪，日本作家、政治運動家。

3 編注 谷川知子，曾為戲劇女演員，谷川俊太郎的第二任妻子，兩人婚姻關係自一九五七年到一九八九年離異。

4 編注 飯島耕一（1930－2013），日本詩人、小說家。

5 編注 湯淺讓二（1929－），日本作曲家。

6 編注 金關壽夫（1918－1996）為東大名譽教授，專研美國現代詩，曾寫過《貝里曼的自殺》一書。

7 編注 貝里曼（John Berryman, 1914－1972），美國詩人。

在紐約東二十八街十四號寫下的詩

然後W. H. 奧登[1]
用他的大手
把裝進鋁製漱口杯裡的
熱咖啡端過來

然後前一天晚上的餐桌上
有人把筷子的起源當作問題
是一九一〇年突然發明的哪
說了句玩笑卻無人知曉

然後在冷清的小電影院
還看了《色情電影史[2]》
不知誰家的白牆上爬滿了弱不禁風的常春藤
它的下面綻開著一道淒慘的裂縫

然後廣播裡某個電台總是
播放J. S. 巴赫的音樂
從我下榻酒店的窗口別說天空
就連陽光都看不到

然後為了感冒的田村夫人
我們在塑膠盒子裡
裝了生魚片和白飯和醬菜帶回家
電視裡的瑪麗蓮・夢露還活著

然後當然是在旅行支票上
反覆簽上自己的名字
人若依舊一成不變

還能得救嗎

如果不能得救
對今晚的死者該如何是好
如果能夠得救
未來又為何存在呢

若拯救的只是自己的靈魂
該是多麼的輕鬆
因為他人的靈魂強行入侵
我無法看清自己的靈魂

然後天又亮了
我被來自東京的電話吵醒

我說了句早安
女兒和兒子說的卻是晚安

1 編注 W. H. 奧登（Wystan Hugh Auden, 1907－1973），英裔美國詩人。

2 編注 《色情電影史》（A History of the Blue Movie, 1970）：美國色情片導演亞歷斯德蘭茲（Alex de Renzy）執導的色情短片選集。

海灘上

海灘一望無際
前方看不到海
能寫到第二行
之後詩卻成為沒有盡頭的反覆
因為知道了
似乎沒能用語言解開的柔軟之物
我鋸斷木片
把螺絲栓進木板裝上架子
這是事實啊
比喻已經毫無用處
因為世界太分散了
小時候讀過美杜莎的故事
還記得嚇得要命
在早已變成石頭的現在

《夜晚我想在廚房與你交談》——————1975年

已經沒什麼可怕的了
如何呢比喻就是這種樣子

遠處傳來水鳥的叫聲
那是歌？
還是信號？
抑或是訊息？
其實那響聲什麼都不是啊
剎那間擴散到天空又轉瞬即逝
那是事實
是僅此一次絕無二次的事實
而今我認為只有這才美

莎士比亞之後

偷情與殺戮的地球舞台
始自感知溫暖氣息的臥室
經過幽暗的走廊沿嘎嘎作響的樓梯而下
從那裡向著泥濘然後前往冬季的荒野
又延伸到灰濛濛的海邊
上方頂著永恆的藍天
此半球和彼半球並無不同
不論談愛還是論王
韻文在我們的國度已經遺失了很久
這究竟是哪類妖精的惡作劇呢
今晚我獨自一人放在瓦斯爐上的
僅是金寶濃湯罐頭
如果裡面沒有放入蠑螈的眼球
就不會有龍的鱗片和嬰兒的手指

《夜晚我想在廚房與你交談》——————1975年

所以也看不見任何未來的幻影
四十年前剖腹產降臨於世的我
卻沒有殺掉王和殺掉王自成為王的力量
更何況對於「不知何故大聲叫嚷
卻沒有任何意義」那句話
又怎麼會有勇氣加以分析其意義
啊啊莎士比亞啊　在你之後
究竟該怎樣寫下最初的一行
成為小丑比成為王更沒把握
即便列出能夠想到的所有惡言
也不會有能夠輸入比喻的電腦
像上午七點四十分朝郊外車站走去的上班族
用一二一二無休止的二進位法
雖能夠回答分期付款買的美術全集中的人面獅身像

也許是這個世紀流行的作詩方法吧
儘管人類的確登上了月球
但對會變形的月的不誠實並沒有改變
世界仍是你所看到的模樣
吸著湯的嘴吐出咒語
在忌諱形成語言的地方接吻
終於呼吸停止
在地下成為白樺樹根養分的是
騙子或誠實者或寡言者或健談者皆相同
打開夜幕下嘎嘎作響的玻璃窗
鄰家柿子樹的枝頭只剩一顆柿子
對今晚的我而言那一如既往的俳句主題
也只是成熟和將其吃光的種子

《夜晚我想在廚房與你交談》——————— 1975 年

注

13 行《馬克白》第四幕第一場

16 行《馬克白》第五幕第八場

18 行《馬克白》第五幕第五場

31 行《羅密歐與茱麗葉》第二幕第二場

36 行《哈姆雷特》第五幕第一場

41 行《李爾王》第五幕第二場

為根據保羅．克利的畫創作的「繪本」而作

《死與火焰》
1940

因為沒有替我死去的人
我不得不自己死
不是誰的骨頭
我是我的骨頭
悲傷
河的流淌
人們的交談
被晨露濡濕的蜘蛛網
這其中
我一個都帶不走
至少是我喜歡的歌

我骨頭的耳朵
能聽得見嗎？

《金魚》1925

大的魚用大嘴
吃中型的魚
中型的魚
吃小魚
小魚
吃
更小的魚
生命以生命為祭品
熠熠生輝
幸福以不幸為養分
綻放花朵
再深的喜悅之海
不可能不融入
一滴眼淚

《夜晚我想在廚房與你交談》———— 1975 年

對杯子的不可能接近

它多半是有底面而無頂面的一個圓筒狀。它是直立的凹陷。是一個被封閉在向著重力中心的限定空間。它能將一定量的液體保持在地球的引力圈內而不使之擴散。其內部只充滿空氣時，我們稱之為空，然而即便此時，它也會因光照而現出清晰的輪廓，它質量的存在不用計量，也會因冷靜的一瞥得以確認。

用手指輕彈時，它會發生振動而成為一個聲源。雖然有時被用作暗示，偶爾也會被用作音樂的一節，但是它的聲響超越實用的固執的自我滿足感，直逼你的耳朵。它被置於餐桌上。或被人握在手裡。也時常從人的手上滑落掉。事實上，它會隱藏起因容易被故意打破、變成碎片而成為兇器的可能性。

然而，即便被打破，它也不終止它的存在。即使這一瞬間，地球上的所有杯子都被摔得粉碎，我們也無法

《定義》—————— 1975年

逃離它們。雖然在各自的文化圈，它們依各種不同的表記法被授予名稱，但是對我們來說，它是作為一個通用的固定概念存在的，儘管實際上（用玻璃、用木材、用鐵、用土）的製作會因伴以極刑的懲罰而遭到禁止，但是我們也的確無法從它依舊存在的惡夢中獲得自由。

它主要是為解渴才使用的一種道具，儘管它不具備比兩隻手掌能在極限狀態下被互相合攏或凹陷更多的機能，但在現在多樣化的人類生活中，時而在朝陽下，時而在人工照明下，它都無疑作為一種美沉默著。

我們的理性、我們的經驗、我們的技術使它出現在地球上，我們為它們命名，極其自然地用一連串的聲音發出指令，但是它究竟是什麼？——誰也未必有正確的知識來理解它。

與無可回避的排泄物的邂逅

路面上有一團來路不明的東西，我們也許會毫不猶豫地稱之為排泄物。這帶著透明液體的高黏度顆粒狀物質，映著白晝的光線，從它那帶有無數若隱若現的氣孔的表面上，我們可以知道，它不是被巧妙打造的蠟製工藝品。它的臭氣臭到讓人幾乎覺得它是有毒的，不管是誰都有權利迅速避開視線、遮掩口鼻，且掃除它的義務，也不能說絕對只有被任命為專業的清掃人員才擁有。然而，我們將自己偽裝成不許它存在的模樣，而忽略了自己內在也常常會產生這種相等物質的事實，要說是衛生無害，不如說是應當屏棄的偽善，甚至會導致我們失去所生活的這個世界結構中重要的一環吧。

微而觀之，它可以分解到分子的層次，作為與其他有機物無太大差別的物質之一，在科學準備的目錄中，

《定義》——————— 1975年

佔據恰當的位置；宏而觀之，作為生物新陳代謝、抑或食物鏈的過程之一，對已成立的秩序內部，或許可以說具備了謙虛的功能。事實上，已經有幾條蛆開始在那裡生存，如果能夠不帶任何成見地判斷，就連它的臭氣，恐怕也和我們常入口的某種嗜好物的氣味相去不遠。

然而，毋庸贅言，我們的感覺並不是流動的，我們會受到這些看法的欺騙。這團東西受到光照、風化、分解，化為塵埃浮遊在大氣中，直到我們在不知不覺中呼吸到這些時，我們對它的存在懷著一種畏懼，這是不能否認的事實；可以說，以這種形式面對這個東西的人類精神，正是在這種畏懼中，暴露出了我們最難以解開的內心世界。

對蘋果的執著

不能說它是紅的，它不是一種顏色，它只是蘋果。不能說它是圓的，它不是一種形狀，它只是蘋果。不能說它是酸的，它不是一種味道，它只是蘋果。不能說它是昂貴的，它不是價格，它只是蘋果。不能說它有多麼漂亮，它不是美，它只是蘋果。無法分類，又非植物，因為蘋果只是蘋果。

是開花的蘋果，是結果的蘋果，是在枝頭被風搖動的蘋果。是雨淋的蘋果，是被啄食的蘋果，是被摘下的蘋果。是落在地上的蘋果。是腐爛的蘋果。種子的蘋果，冒芽的蘋果。是沒有必要稱之為蘋果的蘋果。可以不是蘋果的蘋果，是蘋果也無妨的蘋果，不論是不是蘋果，唯一的蘋果就是所有的蘋果。

是紅玉，是國光，是王鈴，是祝，是黃魁，是紅魁，是一個蘋果，三個的五個的一籃的、七公斤的蘋果，

《定義》———— 1975年

是十二噸的蘋果、二百萬噸的蘋果。被生產的蘋果，被搬運的蘋果。被稱重被包裝被交易的蘋果。被消毒的蘋果，被消化的蘋果。被消費的蘋果，被消滅的蘋果。是蘋果啊！是蘋果嗎？

是那個，就是在那裡的，就是那個。就是那裡的那個籃子中的。是從桌上滾落的那個，被畫到畫布上的那個，是用烤箱烤的那個。孩子們把那個拿在手上，啃著那個，就是那個，它。無論吃多少個，無論腐爛多少個，它都會一個接一個地湧現枝頭，閃閃發亮地永遠擺滿店頭。什麼的複製品？何時的複製品？

是無法回答的蘋果。是無法提問的蘋果。無法講述，最終只能是蘋果，現在仍是……

一部限定版詩集《世界的雛形》目錄

——獻給入澤康夫

將下列物件收入一個有限大的容器，這部詩集即由此而成。申請設計專利中。非賣品。

1 羽毛。拾於街道之物。可能是麻雀胸前的羽毛。

2 發條。黃銅製。直徑約十五公釐、長約五十公釐。

3 明信片。寄信者姓名無法辨識。

4 橙色玻璃紙。遮在一隻眼上可觀風景。

5 矽二極體。1N34[1]也是同類物。

6 孟宗竹。為明確起見，記學名於此。
Phyllostachys heterocycla var. pubescens

7 紙飛機。以一九七三年出版的任意一部詩集的一頁為材料。

8 砂。輕取一小撮。乾燥中之物。

9 糯米紙。日本藥局藥方。

10 國營鐵路美幸線、仁宇布・東美深間單程票。未剪過的票。

11 藍色不明物。一個。

12 死亡證明書。有東京都杉並區公所蓋章的文件。一份。

13 口琴。

14 非常情況下，可將此詩集完全破壞的足量炸藥。所謂非常情況意指何種情況，有待讀者判斷。

15 物件4的玻璃紙太大時使用的剪刀。亦可用於物件7的製作。

16 尚未被命名的物件。雖然構成它的各個零件為針葉樹的葉子、棉花糖、生鏽的短釘、霧狀液體、微弱的超短波振蕩器、約三百克絞肉等有正確名稱的物體，但其整體無法稱呼。

17 C30型卡式錄音帶上錄下的數人的呻吟聲。

18 密封的舊火柴盒。

19 藍色不明物件。又一個。

20 細緻，且有某種祭祀意義的物件，例如宛若白木筷之物。亦或白木筷本身。

21 為固定壓縮物件2的位置，鋼製鍍金的小裝置。

22 因熱而扭曲的唱片一張。有可能是贓物。

《定義》——————— 1975 年

23 葵花籽。一袋。

24 五萬分之一地形圖長野六號[2]、版權所有印刷兼發行人為地理調查所。大正元年測圖昭和十二年修訂測圖。

25 水果刀。

26 梳子。已經用舊。

27 木製陀螺。

28 紅色鉛筆一支。與其說作為記錄文字，不如說是用來抹消文字的工具，即作為對語言的一種兇器。

29 味精，或許是天字第一號[3]。

30 不特定報紙連載漫畫的剪報。不指定數量。

31 對某特定個人來說，具有某種特定意義的紀念物。重量五公斤以內。

32 足以購買物件10的貨幣。但是，只限於該物件欠缺時。

33 取消物件6。作為一種推敲的結果。

34 物件23生長所需土壤。含降雨及日照。即這部詩集如果沒有非特定讀者的參與，就無法成立。

35 有可能實現物件34的時間。

36 測量物件35所需的曆表。

37 原子彈。結構最古典的一顆。附有簡易使用說明書。

38 取消物件14。

39 按照收納物件37的指示，產生這部詩集的可行性極小。無奈，只好採用通過詩集目錄而不是詩集這種辦法，使詩歌成立。即下一個物件成為急需。

40 小詞典。最好是已經絕版的。
41 撤回物件27。伴隨文體變化而做出的緊急處理。
42 抹消物件5。同上。
43 消去物件15。同上。
44 消除物件25。同上。
45 物件45缺。
46 在一九四〇年前後，被稱為紀元節的節日，在小學免費贈送菊花形的紅白色點心給學生。
47 蜘蛛網。一張。
48 面具。
49 亂成一團的毛線球一個。
50 受民法制約且至少被歌唱過一次之物。
51 用途不明、有褐色光澤之物。
52 作為嫉妒的結果，被破壞，之後又被修復，留下記錄之物。

53 猥褻、且不斷增殖、在鹽水中泛紅之物。

54 旗幟一面。隨微風飄展。

55 按指紋或署名。有法律效力之物。

56 大約三公頃地瓜田。

57 黑人女子一生所分泌的唾液。

58 數代畫家持續描繪的貧民窟的工筆畫。

59 到手的石質隕石中最大的碎片。

60 為抑制此目錄不可避免的膨脹及加速，保留包括物件 1 乃至 59 一度取消、抹消、消去、消除、撤回之物。在此省略此行為造成這部詩集及詩集目錄的相對變化。

61 如果此目錄作為第三類郵件[4]認可的印刷品而被複製時，將該印刷品的每一頁用麻線穿線裝訂，收納起來。

62 能夠收納物件61及保留中的所有物件的容器一個。

63 解除物件7的保留。

64 在容器外保持足夠的使物件7得以漂浮的大氣。

65 此目錄的作者，申請解除有關該目錄一切法律、道義、藝術責任的申請書一份。申請對方為非特定讀者。

66 解除物件23、34、35的保留。

1 編注 鍺二極體的型號之一。
2 編注 這裡指的是輕井澤的地圖。
3 編注 「いの一番」是味精品牌之一。
4 編注 定期發行之刊物。

完美線條的一端

一枚樹葉，在完美線條的一端。儘管葉脈純屬一種功能，卻在實現著自我，彷彿期待著被我們讀懂。（它幾乎可以說是被畫上去的）也許，把它當作預言閱讀的人應該在僧院裡死去，把它當作設計圖閱讀的人應該得癌症吧。而把它當作地圖閱讀的人會在森林中迷路，把它當作骨頭閱讀的人，最好歌唱著秋日的長晝過活。

即便抵擋住這般誘惑，不去從中閱讀什麼，但是很顯然，我們依舊無法擺脫人的尺度，完美的線條已經被封在了任何視線都無法到達的彼岸。就算是一根瘦木，也不厭其煩地體現著這一點。不光是葉，就連伸向空中的樹梢、翻土的根、甚至脆弱的枯枝，也都體現著。

《定義》———— 1975 年

關於灰之我見

無論多麼白的白，也不會有真正白的先例。在看似沒有一點陰翳的白中，隱匿著肉眼看不見的微黑，通常，這就是白的結構。我們不妨這樣理解，白非但不敵視黑，反而白正因其白才產生黑孕育黑。從它存在的那一瞬間起，白就已經開始向黑而生了。

然而在走向黑的漫長過程中，不論經過怎樣的灰的協調，在抵達徹底變黑的瞬間之前，白都從未停止過堅守自己的白。即便被一些不被認為有著白的屬性的東西——比如影子、比如微光、比如被光吸收的侵犯等，白在灰的假面背後閃耀著。白的死去只是一瞬。那一瞬，白消失得無影無蹤，完整的黑頓現。然而

——

無論多麼黑的黑，也不會有真正黑的先例。在看似沒有一點光亮的黑中，隱匿著肉眼看不見的基因似的微

白，這就是黑平常的結構。從它存在的那一瞬起，黑就已經開始向白而生了……

《定義》—————— 1975 年

為了世界末日的細節

明明沒有風，青蘋果卻從枝頭落下。被放出的羊群開始叫，直到入夜也叫個不停。嘎吱作響的門扉變得和羽毛一樣輕，書籤從書頁間滑落，剛剛竣工的歌劇院裡，歌聲突然無法傳到觀眾席。就算載玻片上爬滿裂紋無可奈何，孩子們的不再哭鬧卻叫人難耐。螞蟻回不了家，在草間迷路，音叉手錶的音叉普遍高了半個音，它開始嗚響時，襪子拉了多少次也還是一味地下滑，桌腳麻了，壁紙長疹子。然而那種被稱為嫉妒的情感，非但沒有消失，反而越發強烈，因什麼也無法決定，一家之主們的腹部或硬結為板狀，或凹陷成船底狀。咖啡豆的庫存見了底，面向旁邊的水兵凝望正前方的時候，動物園的駱駝傻傻地走上街。星星像癱瘓似的湊在一起，鐵的雕刻被大錘鑄就，曼陀羅的眾佛撩起衣衫下擺，溯流而去，孕婦們渾然不知地排成

《定義》————— 1975 年

隊，所有的事件都成為下一個事件的前兆，然而動章照授，只是世界的細微之處開始喪失其凸凹和特有的惡臭。

螺旋伸直，直線忘記了緊張而彎曲，圓扭曲了，平行線向外互相背離。就算想笑它的滑稽，肌肉也已經不屬於皮膚。如馬口鐵碎片的東西不斷從空中飄落。白痴的臉上，終於停駐了人類無法實現的睿智之影。大氣被真空吞噬。地球上所有的語言，不論是有文字的還是沒有文字的，都收斂為O形的叫聲，沉默緩緩地將這叫聲捲入漩渦、緊緊抱擁的時候，一粒蒲公英的種子，想要到達地上卻又無奈地在臉頰附近遊蕩。

五月

風散播著風車的聲響
天空充滿各種顏色的魚
兩人坐在明亮的河堤上
看著天空流淌的河

淺淺的微笑
模仿由利容顏的面具
那淺淺微笑的意圖
由利自己也不知道

次郎說出一句沉重的話
變成謎變成鉛錘
在倆人之間落下時

愛……不知道它的行蹤
兩人像沒經驗的悲劇演員
在舞台上進退維谷

十二月

沒有可饋贈的對象
從這樣的孤單裡
不知如何逃脫
像撿起小石子一樣突然
想起她買的袖扣
有著小帆船的形狀
我將幸福的夏日
用木樨的刺包著
還給她
不能忘記！
那暈眩那徬徨
那飢渴那沉默那黑暗
那無可名狀的莫大感動
還有——

未來

堅實的乳房強壯的腰肢柔軟的肚子
承受痛苦的心臟和靜脈
女人的未來

塔拉瑪依卡斷簡殘篇

『「〈"接下來我說的話，不確定它出自哪裡。"那位老水手說道。"已經是半個世紀前的事了。我偶然登上一艘從那不勒斯開往孟買的破舊貨船，發現包著備用茶壺的舊紙上，用瑞典語記載著這些字句。簡短的注記只寫著收集這些字句的，乃是住在北部給金地區的塔拉瑪依卡族人，待我回過神來，我已經把這沒有任何說明、不像敘事詩也不像箴言的東西牢牢記住了，大概是因為久違的母語實在令人懷念吧。當航海結束，貨船抵達孟買時，我把那幾張紙片弄丟了。惟有銘刻在記憶裡的字句，即使過了五十年的今天也依然鮮活，我甚至深刻感受到那簡直就像我自己說出來的話語似的親切感。"於是，老水手開始用他嘶啞蒼老的聲音，把下文這段不長的字句如喃喃自語般地道來。〉有著這段如前言般的記述、我第一次見到應該

《塔拉瑪依卡斷簡殘篇》——————1978年

被稱為塔拉瑪依卡少數民族創世紀的口述文學的斷簡殘篇，是我正把死去父親留下的一大堆舊信件往後院的火堆裡扔的時候。泛黃的舊信封上，既沒有收信人，也沒有寄件人的名字，這反而引起我的注意。我對這像是從筆記本上撕下來的幾張紙上用一絲不苟的字體寫下的記錄充滿好奇，盤算著說不定什麼時候能作為珍貴的學術資料賣個好價錢，保存了很久，今天在這裡」到這個地方，這段像是後記的東西就寫到這而已』，他說。『那正文呢？』我不禁問道。他回答說：『看起來只留下了一部分，我按自己的方法整理了一下，試著翻成英語。』下文記述的，就是把他伴隨著略顯誇張的抑揚頓挫與手舞足蹈背誦出來的、從塔拉瑪依卡族的語言翻譯成瑞典文再轉譯成烏爾都文的文章的英譯文，用我拙劣的日文試著翻譯的東西。

因此，它跟塔拉瑪依卡語（？）的原文應該有相當的距離，而且他所說的一連串的出處，即使是口耳相傳的詩歌流傳至今，在我看來恐怕也沒有什麼可信度。無論北部給金這個地名還是所謂塔拉瑪依卡民族在我調查範圍內皆不可考。如果相信他說的話，那麼塔拉瑪依卡文的原始文本（但是由口頭傳承）先翻譯成瑞典文的第二文本，再以烏爾都文轉譯的第三文本、英文的第四文本，最後綿延至這篇日文寫就的第五文本，我們不僅無法保證在這個過程中沒有其他語言介入，同時也存在文章完全是瑞典文、烏爾都文或者英文的杜撰的可能性。我稱作「他」的人物是個偶然認識的美國籍男人，我對他的底細一無所知。據他所說，他是在美國西海岸某個中型都市的工地，撿到烏爾都文版的書卷狀殘片。那是新的都市規劃下某間正被拆除的圖書館現場，殘片當時就在推土機的履帶下。當我問他東西現在在哪裡時，他只說搭便車時跟別的行李一起被偷走了，讓人摸不著頭腦。但無論如何，即使我們並不知道這些字句出現的時間、地點以及作者，但毫無疑問，它們必定是從人類的靈魂中誕生的。為避免學界可能產生的誤會，我姑且把它命名為「偽書」，但諸位應該能明白，這並不是在否定上述這些語句。

I（那裡和這裡）

我的[1]
眼睛
去了
遠方。

我的
嘴巴
在此
張開。

我的
耳朵
去了
遠方。

我的
嘴巴
在此

說話。

我的
鼻子
去了
遠方。

我的
嘴巴
在此
緘默。

我的心來來去去
我的心來來去去。

Ⅱ（分界線）

哦哦
哦哦
比太陽的太陽
刺眼的
光芒。

那時
我
看到
哪都
不曾存在的
眼睛
和我。

哦哦
哦哦
比雷的雷
還響的
轟鳴聲。

那時
我聽到
任何地方都
沒有耳朵
不存在的我。

哦哦

哦哦
比硫磺的硫磺
還刺鼻的
味道。

那時
我嗅到
任何地方都
沒有鼻子
不存在的我。

哦哦
哦哦
自然而然地

自然而然地
阿基拉哈娜米迦庫拉慕吉[3]
響了。

誰的
意願也不是
仰望上方
上方
也不存在。

凝視下方
下方
也不存在。

可是
那裡。

Ⅲ（體會為了覺醒的洞穴）

光的
刀刃
斬斷。

眼睛是刀傷。

聲音的
錐子
扎進去。

耳朵是扎傷。

氣味的
烤串
貫穿。

鼻子是疤痕[4]。

讓心
覺醒的
是疼痛。

然後
嘴巴是

從內側
裂開的
石榴。

IV（呼叫不同於出聲）

雨
不喊
雨
只是在石頭上
發出聲音。

哈匹童姆　特姆　洽。

蟲

不叫
蟲
只是在草叢裡
摩擦肢體。

咪哩嚕　嘎唧唧　嘁。

岩石
不喊
岩石只是
嘎吱作響
在岩石的重量上。

噢噢嘛　農噢噢呀　叩噢噢噢啞嘎。

樹
不叫
樹
只是沙沙作響
在風中。

沙沙咂　咂咂唧　啡啡嚕。

喊叫的是
築巢者
抱蛋者
餵孩子奶的人。

翻騰的鯨魚[5]叫喊
水晶龍叫喊
吃驚的鹿叫喊
雪鴿叫喊
菇叢裡的鼠叫喊
倒吊的猴子叫喊
尖銳的男人[6]叫喊
凹陷的女人叫喊。

V（名字）

請記住
最初的名字
帶來之物的名字。

那個名字
叫奇翁吉[7]。
沒有形狀
它潛藏於
太陽
果實
貝殼
小石頭
跟你的頭相似
圓圓的
於正在終結之物
裡面。
放棄打聽吧

對於奇翁吉
奇翁吉的名字
帶來的是何物一事。

為奇翁吉
命名的東西
以奇翁吉之名
被召喚。

朝奇翁吉
之外
走出的人[8]
手指
稱作鳳尾草

煙
稱為蜥蜴
老鷹的羽毛
稱作里普薩[9]
在水中
觀火吧。

（不存在卻在的）他[10]
用那斜眼
窺看令人沮喪的中心
用那貼著地的腳步
畫著無法重合的圓
用他赤裸的拳頭
折磨著虛假自我的肉身。

VI（手指可數的東西）[11]

1 分裂變成 2
2 分裂變成 3
3 分裂變成 4
4 分裂變成 5
其理由去問中指。

5 匯集一起變成 4
4 匯集一起變成 3
3 匯集一起變成 2
2 匯集一起變成 1
其理由去問拳頭。

雨　泉　露　池
在所有地方水連結在一起
所以把水數成１吧。

魚生魚
魚無法改變魚的形狀
所以把魚數成１吧。

不要忘記
存在的數字都是１
比２多的數字全都是
虛幻。

Ⅶ（越來越多黯淡樣貌的出現[12]）

團團轉　旋轉　旋轉轉
漩渦的中心
什麼也沒有
只有力。

團團轉　旋轉　旋轉轉
從肚臍眼
捻出的
黑線。

團團轉　旋轉　旋轉轉
從口中
擰出的

黑色嘆息。

團團轉　旋轉　旋轉轉
身體溶化
野草溶化
身體和野草混在一起。

團團轉　旋轉　旋轉轉
洞開著
變成洞
洞對面的。

Ⅷ（輓歌）

啊—哈

菜葉和石刀[13]
啊—哈
念珠的珠子
啊—哈
那傢伙[14]出來了
拿走
那傢伙的遺留物。

變冷了喔
變硬了喔
眼球
長出紅毛[15]
乳頭
長出綠毛

那傢伙已經
不回答
現在正用舌頭
刺那傢伙。

腫起來喔
變臭了喔
牙齒
還原成小石
頭髮
還原成線蟲
那傢伙已經
無法還擊
現在正用樹枝

打那傢伙。

啊──哈
弓與弦繩
啊──哈
卡琳基[16]
那傢伙出來了
拿走
那傢伙的遺留物。

Ⅸ（無法離去者的歌聲）

我來了
在樹之中
作為夢見樹的人

擊打石頭
用石頭擊打
我追溯我的
誕生。

我來了
在人群中
作為夢見人的人
摩擦骨頭
用骨頭摩擦
我超越我的
死亡。

我來了

在這個容器[17]中
作為夢見這個容器的人
吹嘴[18]
用嘴吹
我用我的歌
轉達。

既有之物
不存在
還未存在之物
存在。

X（關於男人與女人的諺語[19]）

鑽過

蛇的梁
繞過
蜈蚣的柱
水蛭的天花板
之下
踩著
蛆的地板
再美的女人
都擁有
一隻蜘蛛。

握住
荊棘的手
對著菇的耳朵

私語
纏住
常春藤的腳
吸著
青苔的嘴
再聰明的男人
都有著
腐爛的根。

XI（從不毛之地湧出的智慧）

沒被朋友
邀請
卻在樹木間回頭時
你

看見
沒有被捉弄的
你
就在那裡。

你
趴在草地上
摸鳳尾草的葉尖
不靠語言
貪戀那粗糙也無妨。

你
坐在水中的石頭上
與魚兒們一起

不靠語言
貪戀那滑溜也無妨。

在人與人與其之間
一切都有形狀
一切都有代償
但是
在人與天空之間卻僅只

注1　我——這個第一人稱並不單純指個人的「我」，應視為參與這段傳承，等於書寫的複數人——即塔拉瑪依卡族的傳承者、瑞典語的採集翻譯者、作為中介者的老水手、烏爾都語的記錄者、英語譯者，以及我自己等等的集合式第一人稱。與同

質的（Homogeneous）的「我們」不同，而是伴隨著微妙光暈的「我」的多層體[2]。此外，應當稱作「原我」的塔拉瑪依卡族發話者在發話中實現恍惚狀態的意識化。這一意識化是否也是由於恍惚狀態而發生尚無定論，但傳承是由發話者本人的自我確認開始這點令人深思。

注2　「我」的多層體——英譯者在說明「『我』的多層體」這一觀念時，稱這觀念為虛妄。他的觀點主旨是：語言本身原本無法正確定義單個「我」，那麼一切語言不過是從人格性的物質通往無人格性的物質的過程。同時，成為語言之物還擁有阻攔物質實現完全無人格化的作用。

注3　阿基拉哈娜米迦庫拉慕吉——英譯者注：這句塔拉瑪依卡語無法翻譯成任何一種語言，因此一直採用音譯至今。從上下文推測是指「無法命名，無法將對象化變為一的全體」。

注4　鼻子是疤痕——塔拉瑪依卡語中表示眼、耳、鼻的詞語中皆有「傷痕」的含義。為傳達這一含義暫且譯成「鼻子是疤痕」，但實際的塔拉瑪依卡語中這一行幾乎接近於同義反覆。眼、耳亦是如此。

注5　翻騰的鯨魚——烏爾都語注。以下的生物名與當今我們知道的哪種生物對應尚不明。

注6　尖銳的男人——「尖銳的人」指男人，「凹陷的人」指女人的可能性極大。為方便起見，下文皆譯作男人、女人。

注7　奇翁吉——烏爾都語注。英譯者稱其指「某物與其他物質區別之力」，但證據不明。姑且按最接近它發音的字符進行表記，但似乎也可聽作「凱恩澤」（重音在最後）。

注8 朝向奇翁吉的外面走出去的人——應該是指現在我們說的精神病人。

注9 里普薩——不明。

注10 他——指「朝向凱翁吉的外面走出去的人」。塔拉瑪依卡語原文是無性別的特殊第三人稱，其中包含了病患與聖者這兩個概念，據說瑞典的老水手如此說明。

注11 1——從上下文中可以明顯得知，以下的數詞與我們現在使用的數詞，其內容有微妙的差異。

注12 越來越多黯淡樣貌的出現——大概指服用某種迷幻藥後伴隨動作詠唱的東西。似乎在音韻上也與其他的斷章有所區別。何為「越來越多黯淡樣貌」？我認為不是指圖像性的東西。我把它想像

為一種類似「靈氣」（ectoplasm）的東西。

注13　菜葉和石刀——推測為針對死者遺留下的物品的即興詠唱。

注14　那傢伙——因英譯者說明此為不具性別、略帶輕蔑的第三人稱，所以用這個詞彙對應。

注15　長出紅毛——跟接下來的兩行一起，不能確定是指屍體上長出的黴斑，還是死者身上儀式性的裝飾。

注16　卡琳基——不明。被認為是似乎指死者配偶身上的某一部分，但這僅是直觀推斷。

注17　這個容器——塔拉瑪依卡語中，自身的肉體、女人的子宮、宇宙均用同一個詞彙表述。

注18 吹嘴——可以認為第一節的「石」、第二節的「骨」都是作為樂器來演奏的。這裡的「嘴」也可以推測為兩個面對面的人往彼此的口腔內吹氣共鳴的行為，但也可能意味著歌謠的口耳傳承。

注19 關於男人與女人的諺語——據瑞典水手說，這一部分有很大可能是後人增補。但具體完成年代沒有確證。

注20 在人與天空之間卻僅只——這突然的中斷，不用說是自然的而不是刻意為之。

《塔拉瑪依卡斷簡殘篇》———— 1978 年

狗與主人

在電線桿前抬起一隻腳
小狗撒尿
皮繩的另一端
主人靜靜等待

在書店前駐足
主人站著閱讀
皮繩的另一端
小狗靜靜等待

皮繩連接的兩個靈魂
都不會不死
狗嗅著風
主人在嗅著什麼呢

《另外》———— 1979 年

給你

說實話我還是喜歡
你擦掉口紅
還有眼皮上那淡藍色的眼影啊

你看到的你總是鏡中的你
自己看的是自己的臉
然而真正的你在鏡子之外

那樣的你身後的小河流淌
那樣的你臉頰閃耀著光彩
我凝視著那樣的你

你就是你
費盡筆墨和言詞也難以說明
或許因為沒有可比之物吧

電車裡坐在我前面的你
握著月票扁鼻的你
罩衫的扣子快要掉了唷

如果說你漂亮
我或許會成為偽善者吧
然而說你難看我又會成為什麼呢

我可以盡情幻想
你比《裸體的瑪哈[1]》還美的瞬間
雖然這對哥雅有些不敬

1 編注 西班牙畫家哥雅（Francisco de Goya）於一七九七年至一八〇〇年間創作的作品。

窗戶

微微彎曲的水平線
支撐著無數的積雨雲
孩子的小手指
指向無名之神的隱身處

窗外七月的午後風景
是一幅無言詩集的插圖
被刻在風的手上
是世界的安靜微笑

《另外》———— 1979年

室內

人把酒罈放進櫃子
人躡手躡腳在走廊走動
人輕撓鼻根
打開塗白的門扉

就像事先被計畫好
人自然而然地行動
但卻被石牆圍困
人分辨不出情感和思想

人挽起袖口
人轉開水龍頭
放屁
窺視鏡子

《另外》———— 1979 年

多麼沒有目的性
人的肌肉伸縮
眼球轉動
人在椅子上坐定

在相框裡幼兒永遠微笑著
人正在讀詩
嚕嚕哩。
　　哩哩哩。

嚕嚕哩。
嚕嚕哩。
人繼續活著

朝著死

維納斯計畫

a 要素（內在的）

化石
氣・膠[1]
上午五時十二分
大腿骨
少年
西席・B・地密爾[2]
四十二號街
繩子
克拉納赫[3]
鳳尾草
效勞
〈因為厭倦〉

《可口可樂課程》———— 1980年

海峽
冷感症
印刷
能透視的黑
語言

b 要素（外在的）

造紙廠
水
哈你好嗎？（用英語）
勢利眼的定義
白牆

咖啡

毛毛蟲（東漢普頓的）

重複署名

OK繃

美術史——作為觀念？

連號

〈如果可以什麼都不做〉

林肯隧道

稅務署及交易

烏灰鶇（大概）

酸

靜寂

c 資料

◎被稱作豐饒女神的雕刻群。雙手撐起雙乳，所謂〈永恆的形象〉

◎維納斯原本為蔬菜田裡的守護神。

◎〈羅伯特・格雷夫斯[4]在《白色女神》（*The White Goddes*）中承認了女性的三個神話身分。第一是迷人、不容侵犯的處女黛安娜，她自己狩獵，卻從不會被抓到。第二是成熟的美女維納斯，在人間生子，是戀愛和多子的女神。第三是赫卡特是冥府和死亡、以及吃盡地上萬物的食人女神。異教徒在誕生、成熟、死滅的自然界輪迴中，發現這三種女性的特性，也毫不隱諱地繼承了自然之母食人種族的一面。〉（安東尼・利曼[5]／迷路的世界和心之樂園）

d 文體的選擇

是

對

是的

就是

啊

哪

吧？

似乎

果然

不是

是不是？

即便

大概。

也就是說

就算是那樣

我[6]

我敝人

你？

e 打招呼的方法

對素未謀面的池田滿壽夫[7]怎麼打招呼呢？

1 隔著太平洋和北美大陸，向東轉著打招呼。

2 隔著亞洲、歐洲、大西洋，向西轉著打招呼。

3 把他作為想像中的友人隔著桌子打招呼。

4 從他的著作上把引用剪貼下來，將他自己的語言反饋回去。

5 全然不去稱呼池田，只寫關於維納斯的印象，這太沒意思。

6 試圖對池田羨慕、懷疑，讓池田吃驚，試圖厭倦、重新去發現什麼，任何細節都行，去深究看看——……或者試著找出認同點。

7 不正眼看池田，跟別人打招呼。

f 樣本

我的本名是維納斯

我的父親養過蜜蜂

我喜歡的是大型摩天輪喔

我倒不是討厭拍照啊
身體可不撒謊

五歲起就給男孩子看過了

早上差不多都是喝血腥瑪麗呢
從窗戶看得見河流啊
牆壁上還掛著版畫

有時候會做惡夢
時間在天亮時停止
然後什麼都不會發生啦

*《水彩畫》編輯部向作者約稿，為池田滿壽夫以美柔汀技法（mezzotint，磨刻法）製作的銅版畫系列作品維納斯創作一兩首詩歌。這是為詩作準備的計畫之一。Ca.1975

《可口可樂課程》——— 1980年

1 編注 aerosol，作者將其拆成兩字。
2 編注 Cecil B. DeMille，美國導演。
3 編注 Lucas Cranach，德國文藝復興時期畫家，以維納斯為題材，著重刻畫女神裸體形象。
4 編注 Robert Graves，愛爾蘭裔英國作家。
5 編注 Antonin V. Liman，以捷克語翻譯日本文學的翻譯家、學者。
6 編注 日文漢字為「僕」，男性的自稱。
7 編注 池田滿壽夫（1934－1997），日本藝術家、小說家。出生於滿洲國，戰後回到日本長野縣。版畫作品獲獎無數，小說曾獲芥川龍之介賞。

#（何處）

1 天空

一覺醒來，整個天空都鋪滿了石榴果實。光線透過淡紫色的果粒映照在地上，那樣子妙不可言。無數的石榴，一個個的背後恐怕都背負著各自礦物質的圓光。突然，一個疑問掠過心頭：能闡明那圓光存在的理由嗎？為此，首先必須探究我們視覺的祕密。即便對其構造加以充分的說明，在如何探究這個問題的背後，也會毫無例外地埋伏著一個頗為孩子氣的問題。幾乎是從我們的心出於惰性地發出為什麼的這個疑問，它最終是和那個圓光有關。我們的視覺器官誕生的時候，世界就已經存在了。這實在是令人焦灼的事情，但是萬一當時世界尚未存在，那麼事情就不是焦慮所能解決的了。

近旁的叢林中飛出一隻長尾雀，把長長的白褐色尾巴拍打成螺旋狀。我們會感覺到牠的表情中有一種和我們的表情甚為相似的愚鈍。也許牠還沒有意識到任何疑問，但是牠那伴著獨特旋律的鳴叫中，卻有著觸及我們心靈的東西。長尾雀似乎在想，牠能夠啄食到石榴的果粒。牠飛起來樣子輕鬆得就像跳到旁邊的樹上，但是不論怎麼飛，卻依舊無法抵達好像就在眼前的石榴。其實，我也是在長尾雀飛到了看上去像一個石塊般大小的高度時才注意到的，但是我們和石榴之間卻似乎有著難以測定、充滿威嚴的距離，而最終，長尾雀飛得很高很高，以至於我的視力無法捕捉到牠。即便如此，我還是對看不見的長尾雀追蹤了良久。如此意識到自己視野的侷限，常常會使我產生對作為自己感官的延長的想像力世界的不信任感。對離我視野而去的長尾雀不停思索，總給人一種猥褻曖昧的感覺。無論怎樣隨意想像，還不都只會受到語言這道牆的阻礙？

到了下午，石榴的果粒化作驟雨落下來。屋頂轟鳴。受莫名其妙的好奇心的驅使，我又跑到屋外，想用手接住那些果粒，可是，它們在我頭上就都消失了，剩下的只是飄在空氣中宛如硼砂的氣味。想捕捉到什麼的嘗試，常常會導致我們肌肉緊張，然而，因緊張而產生的空間的扭曲或許正是那些果粒消失的原因吧。這麼一想，似乎就令人信服了。雨後仰望，發現失去果粒的石榴果皮正急劇石化、收縮，便全然感覺不到早上那種澎湃的心情了。因為無法指定自己的心情，也就只好接受這種事實。這一天與石榴一起開始，然後結束，我試著在心裡這樣嘀咕著，沒想到卻湧上一股類似於感激之情的感覺。

2 交媾

有過幾次和針葉樹交媾的經驗，但是和羊齒類的交媾卻是頭一遭。我不知道它的名字。也不想知道。看到它在潮濕的地面上隨微風而搖擺的時候，我注意到，即便是沒有語言的生物也有某種可謂自我表現的東西。羊齒不同於我們，它一定是沒有心靈的，但是它以如此鮮明的姿態生長於斯，這對羊齒來說，不就是它自己嗎？以它不同於其他任何植物或動物的形狀，羊齒看起來有著無法形容的孤獨。我不得不用手觸摸它的葉子了。

它的觸感沒有讓我做出任何聯想。我確實觸摸到羊齒的葉子，但我不被允許形容它。當時，除此之外我沒有做任何事情，而且，除了意識到自己的器官正與一個不同於自己個體的器官相互觸摸之外，也沒有任何想法浮上心頭。指尖上只傳達出一種平靜的簡單感受。我不想丟掉這種感覺。指尖依舊觸摸著羊齒的葉子，我仰面躺在地上。周圍散落著厚厚的落葉，透過我的衣服接觸到這些落葉，土壤的潮熱溫濕傳到我屁股的皮膚。那時，指尖的感覺已經不只在指尖，而是開始流向我身體的深處。那股暖流從指尖經由肩膀到達咽喉，又沿著脊髓直抵小腹，在那裡打轉、沉澱後，再通過屁股的皮膚流入地面。

而後，羊齒用自己的根吸入這股暖流，然後讓它又從葉尖回到我的指尖。於是，羊齒和我之間，就形成了一個迴路。感覺的暖流看似呈環狀靜止一般，實則在徐徐加速。我毫不懷疑，促其加速的唯有我和羊齒的慾望。我身體中那個非我的生物，發出還要、還要的無聲吶喊。我的指尖觸摸著羊齒的葉子，笨拙焦急地褪去下半身衣服。裸露的屁股剛一接觸到落葉，羊齒和我想要結合之感的暖流，就達到了令人暈眩的速度。只是用指尖觸摸就已經讓人忍不住了。我撩起上衣，半轉過身體，用裸露的胸膛壓向羊齒。

不知過了多久，令人暈眩的感覺的暖流才平息下來。我起身，小腹上沾滿了落葉。我的羊齒，在我的身體底下被壓得粉碎，它的綠卻比以前更濃而且更濁了。葉尖的細紋已不再尖利，開始向內側彎曲。同為生命，我們卻是異種。胸部的皮膚有一種令人不快的刺癢蔓延開來。

可口可樂課程

那天早晨，少年瞭解了語言。當然，他出生後就和常人一樣會說話，會寫字。身為那個年紀的少年，他會的詞彙是算多的，實際上，他常常巧妙地使用它們來威嚇、欺騙、撒嬌，有時也用來說點真話，但是僅此而已。而今，他感到僅供使用的語言已經微不足道了。

契機是一件小事。那天早上，他坐在防波堤上，像別人一樣雙腳晃來晃去。這時，微溫的浪花拍打著他赤裸的腳踝。四周沒有可以搭話的人，這又是那種不足以與人道的芝麻小事，但是不知為何，在那一瞬間，他的腦海裡同時浮現出〈海〉和〈我〉這兩個詞。

接著他所想的也沒有什麼可形成語言的東西。於是他讓〈海〉‧〈我〉這兩個詞茫然地在腦子裡像玩具花片似地互相碰撞，於是奇妙的事情發生了。〈海〉這個詞在腦海中越來越大，從腦袋裡溢出來，同眼前的大海突然合而為一，就像兩個水滴合為一體一樣。同時，〈我〉這個詞，卻像細針的針尖一樣變小再變小，但絕沒有消失。而是隨著變小，從腦中向他身體的中心下沉的同時光芒倍增，在和大海融為一體的〈海〉裡，如同一個浮游生物般漂游著。

這對少年來說是意料之外的體驗，但是至少在開始的時候，他沒有嚇到，也沒感到不安。反而，他得意洋洋地脫口說出「原來是這樣啊」。但當然他也算不上冷靜，他感到身體的內部湧起一股不屬於自己的強大力量。

他情不自禁地站起身，喃喃自語「是嗎，海就是海啊」。然後，他突然想笑。「是啊，這是海啊，不是海這個名字，是海啊」如果有朋友在身邊，這種獨白也許會被付之一笑吧。這種想法在腦子的角落一閃而過，他再一次喃喃自語「我就是我。我在啊，在這裡」然後這一次，他卻想哭了。

突然，他感到害怕。想讓腦子裡一片空白。想讓〈海〉和〈我〉統統消失掉。他想若再浮現一個詞的話，腦袋就要爆炸了吧。他覺得所有的語言都成了沒有大小沒有質感的東西，只要一個詞佔領了頭腦，它就會與世界上其他所有的語言連結起來，而自己則最終會被世界吞噬而死吧。

然而，身為那個年紀的少年的平常狀態，他卻不曾自己迷失過自己。即是在自己也沒察覺的時候，他要打開來防波堤途中買的正拿在手上的可口可樂罐的拉環。但讓他感到吃驚的是沒辦法打開。因為，瞥一眼手中的罐子，他腦子裡就襲來了無數的語言群，活像大群的蝗蟲。

但這還不是如預期的可怕事態。不能逃跑，要反抗到底，如同與年長的高個子少年打架時一樣，他選擇了超越恐怖的唯一一條道路。手中塗成紅白兩色的罐子，放射出語言，吸引著語言，如生物一般呼吸著。不知是痛苦還是喜悅，他與語言群對抗著。像旋轉著的不祥之霧似的語言群，也一個個分離開，和熟悉的漫畫上的單詞沒什麼兩樣。

這樣的戰鬥，實際上就像在惡夢中，是在一瞬間完成的。即便他在罐子的邊緣看到了起始於此或終結於此的無限宇宙，他自己也全然沒有意識到。如果他列舉出自己掌握的所有詞彙，把要吞噬自己的來路不明的東西，從一端開始命名過去也是可能的，但是其中也包括還在他的意識底下酣睡的未來的詞彙。

一個可以被比喻為未知宇宙生物的語言總體，在被回收成為一本辭典的幻影時，他的戰鬥結束了。海再次回歸為叫做海的東西，平靜地起伏著，少年打開手中可口可樂罐子的拉環，將冒著泡泡的深色液體一口氣喝乾，咳了起來。「可口可樂的罐子」他想。在瞬間之前，那還是個妖怪。

他沒有把空罐像往常一樣扔進大海，而是把它踩扁。赤裸的腳多少有些疼痛，但他不在意地一次又一次直到把它踩扁。他自己為這種奇妙的經歷感到羞愧，沒有想要告訴別人，而且也沒有從中學習到什麼。自那天起經過了數十年，當他上了年紀臥床等死的時候，即使無端地想起這件事，它也會同其他所有的往事一樣早已變質，化作難以把握的一陣風似的東西了吧，然而也正因如此，它也一定還會刺激不同於即將失去的五感的另一種感覺，威脅著他。

那個早晨，少年低頭看著腳邊被踩扁的可口可樂罐子，只喃喃自語了一句，「不可燃垃圾」，僅此而已。

觸感研究

a 組合例

被研磨的大理石和手掌
絹布和脖子
塑膠布和臀部
死者的臉頰和（你的）臉頰
凝固前的水泥和腳底
半紙[1]和毛筆和手指
墊在重物下的毛氈和紫檀和手
麻繩和腹部
不鏽鋼和大臼齒
檸檬派和臉
他人的嘴唇和睫毛
開始融化的冰淇淋和舌頭

腐植土和水和視線
無花果和上顎
玻璃和乾燥的毛髮
血液和肛門
微風和上臂

b 擬聲詞

輕飄飄
嘶嘶嘶
唰
噗哧
啪嘁

光溜溜

黏踢踢

嚼嚼嚼

噗通

唏哩唏哩

滑溜溜

咔啦

喀啷

咚咚

嘰哩嘰哩

咚碰

窸窸窣窣

噠

c 引用

〔適當刺激〕觸覺是因輕觸皮膚或黏膜表面，以接觸點為中心在接觸面形成凹面而產生的。

〔觸點〕用細物（常用馬尾毛）輕輕觸碰皮膚或黏膜，有的地方會有明顯的觸覺，有的地方則沒有。有明顯觸覺的地方就叫做觸點。觸點的密度因身體部位而異，但一般認為，平均每平方公分有二十五個。

〔適應〕如果以一定的強度加以觸摸刺激，開始時產生的觸感會漸漸淡薄、消失。

〔受體〕在有毛部位捲起毛根部的玻璃膜稱為毛根終端的器官，被認為與在無毛部位被稱為觸覺小體和梅克爾氏盤的器官等是相對應的。

引自平凡社《世界大百科事典》

d 夢

小時候常做這樣的夢，現在也是兩年做一次左右，總之就是夢見一塊很大岩石似的東西吧。說是岩石，但又不是那種硬的質地，而是像橡膠那樣有彈性。因為周圍沒有可比之物，無法知道它在哪裡，又有多大，讓我覺得快要窒息似的喘不過氣來。但我以觸覺感受到它的存在，甚至它無法視覺化卻向我逼近的狀態，控制著我。我雖然是看著它，但眼睛已經不起作用。這真是一種令人生厭的恐怖氣氛。我知道自己像細細的針尖刺著它，卻完全不是它的對手，我感到它甚至不是物質。一個全然沒有內部、沒有結構的存在，一個理性也不管用的東西，若無其事地就在那裡。自己觸摸這樣的東西，這本身就讓人難以忍受。

e　艾蜜莉・狄金生

那個人觸碰了我，於是我活著知道
被如此原諒的日子、
摸到了他的胸膛——

安藤一郎　譯

f　源氏物語・東亭

若能代伊人與我常相處
可以作撫物拂去相思苦

撫物：驅邪時使用的紙製人形或衣物。用它拂拭身體，能將罪孽、污穢、災禍拂去，付之流水。

引自岩波書店《古語辭典》

g 朔太郎風格的箴言

觸碰是一個偶然。突然的好奇心，一陣風讓我們觸碰到它。然而，觸碰不過是觸摸的名副其實的前兆。在觸摸中，我們才發動自己的意志。對探究的明確意志，對快樂或未知的慾望，驅使著我們。觸摸不害怕障礙的禁忌，觸摸甚至期待著障礙。表面帶有質感的抵抗，才是我們快感的根源。那抵抗是多麼讓我們對深藏在它內部暗黑的熱和力魂牽夢縈啊！

就在這時，我們正感受著英語國民所說的feel。中文字的「感」，原意是指心裡蘊含著什麼，但如果是這樣，說「感到」的時候，我們豈不是過於注重自己的皮膚感、臟器感了嗎？旗子在桅桿上飄揚的時候，我們最先感受它。手啊臉啊腳底啊，甚至耳目都要比心先感受到。透過皮膚，透過汗腺，透過汗毛，透過眼淚和鼓膜，人的肉體總是先於心靈感受到的。於是我們知道，心無非是在表面和表面的接點處成立的一個虛妄。然而，嗚呼，這虛妄是多麼準確啊！

1 編注　半紙是日本和紙紙張尺寸，約33.4×24.3公分。

你

你
是誰？
不是我
你
也不是那個人
你
是另一個人
和我有著
同樣的耳朵
卻聽著
與我不同聲音的人
和我一樣有著
相似的十根手指
捕捉著

《傾聽》——————— 1982 年

我捕捉不到的東西
你

你
站著
在盛夏的烈日下
面向大海
背對著
我
你眺望著
遠方的
水平線
在你的
心中

通著一條
我從未走過的小路
在我從未到過的地方
那條小路上
現在
雪靜靜地落下且沉積
我從未見過的人
朝著這裡奔跑
那個人
朝著你
喊叫著什麼
我是絕不會
絕不會知道的

《傾聽》——————— 1982年

那晚
映入你眼簾的
是廚房
一隅的
鋁製的
鍋子的
光
在暖桌上
閃耀著
寄自大海彼岸
一封
信
在你愛著
也愛著你的

人的臉頰
流下的
眼淚
但是我
沒有看到
所以我
不是你
即使某一天
你
成為
我的
最好的朋友
即使有一天
你向我

《傾聽》——————— 1982 年

訴說
你所有的回憶

你是誰？
另一個人
和跟我有著
同樣的黑髮
用與我十分相似的
一雙瞳孔
盯著
我看不見的東西

你
笑著

白牙閃著光輝
我
閉著嘴時
你從我手中
將我最喜歡的布娃娃
搶走
你的呼吸
有著糖漿的味道
如此的近在咫尺
然而
你
卻是那麼遙遠
以一副外星人的面孔
你

《傾聽》—————— 1982 年

笑著
為什麼
是那樣的
不同
你的鼻子
不是我的鼻子
你的嘴巴
也不是我的嘴巴
你的心
不是我的心
你挨打時
感到疼痛的
不是我
你穿的鞋子

是何時何地買的
你在黃昏做的夢
是什麼樣的夢呢
你

是誰？

你踩著的沙子
與我踩著的沙子
相連
你的頭上
我的頭上
飄著同樣的白雲
你看到的大海
我看到的大海

《傾聽》—————— 1982 年

都漸漸地變成灰色
儘管如此
現在
在這個瞬間
你
和我
想著不同的事情
我
無法成為你
為此
過度的傷悲
即使我
緊緊地抱著你
即使我們

不知不覺
因為同一個理由
流淚
就像你手指的
指紋
也與我的指紋
不同
你
和我不一樣
是另一個人
你
是誰？
在你走之後

《傾聽》——————— 1982年

你扔掉的
布娃娃
橫倒在
沙子上
然後
我發覺
我已經
不再喜歡
那個布娃娃了

你是誰？
對我
撒謊的人
嘲笑我的人

讓我痛苦的人
我一定也會向你
撒謊
我一定也會
嘲笑你
帶給你痛苦
我是誰？
對於你
流著同樣紅色血液的人
說著同樣話的人
在遙遠的過去
從同樣的大海
慢慢進化成的人
雖然如此

《傾聽》———— 1982年

不是我的人
你

儘管如此
若是沒有遇見你
我不存在
與你
若是沒有爭辯
我的語言
將虛無徬徨消失在空中
若是沒有打你
我將
孤單一人

你
是誰？
即使在離開之後
我的心裡
存在的人
對著大海
以纖瘦的姿態
站著的人
無論何時總是
站著的人
有著和我一點也不像
的臉龐
穿著和我不一樣的
鞋子

《傾聽》—————— 1982 年

做著我沒夢過的
夢的人
不是我
你
即使各自走著
不同的路
明天
我
也想見
你

你
在哪裡？

都市

打開門
推開透明的門扉
步入微暗的室內
沿牆壁轉彎聽自己的跫音
與一個人邂逅
凝視他皮膚的光澤
不知所措地看顧著

所有的這些
都自言自語著流逝
那個速度製造著日子
身邊的一切
表面熠熠生輝各有形貌
背後隱藏的東西卻不想讓人窺見

連六月的晴空也如此

背

你赤裸的背擋在我面前
我什麼都看不見
相連的脊椎如同漂在海上的浮標
我現在能夠勉強攀附的
只有這類比喻

可是我活在被你背上遮蔽的國家
躲在你背上的人威脅我
電視的聲音像冰涼的手指
撥弄我赤裸的心臟
可惜那裡已經沒有祕密（只有恐懼）

飄浮在宇宙中的幻想地圖上
幻想都市的某一處

《日子的地圖》—————— 1982年

我強行寫下幻想的地址
我就在那裡
失去了雜樹林的時間
即便如此你依然說愛我
在你遮掩一切的背上
語言在一聲巨大的嘆息中死去
到再一次被置於難以忍受的激烈疼痛之前
還有些許時間

背影

你的眼睛閃亮
你的嘴不停地吐出語言
你的手雖被我的手握住
可當你驀然回首
我看到的卻只有你的頸子
簡直像其他生物一樣
無助且悄悄靜默
渺無人煙的森林深處
濡濕了鋪散一地的落葉
清水斷斷續續地流淌
你自己絕對看不到
你這背影的模樣正為我所有
即使有一天你背過身
拒絕我的時候

《日子的地圖》——————1982年

正是這固執的緘默
才讓我更想聽清你的吶喊
就像路邊的雜草冒出的芽
渴求著陽光
你的背影渴求著溫柔
明天我們將開口
宣誓的語言更何況是這緘默
會將你和我連結在一起

康復期

把受傷的大腦寄放在醫院
悠然信步海邊
海水碧藍已無意義
沙灘熱燙已無意義
天空寬闊已無意義
實在太棒也無意義！
可是只有我
沒有變得無意義
赤裸的我意味著海水
意味著沙灘和天空
意味著意味
一個人被拒絕
在正午明媚的陽光下
只有我是沒有結果的

種子
可是在此時……

我看見
從醫院逃脫出來的我的大腦
開始吞噬大海
擺動無數的皺褶
散發著福馬林的氣味
大腦轉眼就吞掉了大海
居然又順便吃掉了我
何等強大的消化力！
我感覺自己正消溶在自己的腦裡
我不禁欣喜地呻吟
現在我才自由

從隔絕一切的皮膚容器中滲出
我在我的大腦裡
與大海和解

吃掉海水吃掉沙灘
吃掉我吃掉天空
眨眼間就吃光了世界的大腦
靜靜地滿足地休息著
我在我的腦中第一次無意義
消化著無意義的無限世界
腦很快就排出美妙意義的糞便

我可愛的腦
康復得如同熟透的果實

《日子的地圖》——————— 1982年

發出傳統起司般的臭味
宛如做壞了的布丁抖動
似乎對大如宇宙的容積束手無策
正計畫著移居到別的空間

空空

把什麼放入空空的嘴裡呢
奶嘴　尺八　鴉片煙管
泥水　魚子醬　霰彈槍

把什麼裝進空空的信封呢
迴紋針　情書　別人的名片
貝殼　假牙　獨角仙

把什麼裝入空空的袋中呢
空瓶　幼貓　六法全書
無花果　胡蘿蔔　髒內衣

把什麼放上空空的天空呢
氣球　煙火　卷積雲

黑洞　人形風箏

＊

要把什麼填進空蕩蕩的心
阿勉啊，你說空空如也的心裡被空蕩蕩填得滿滿的，已經什麼都填不進去了？恐怕不是這樣吧。心若真是空蕩蕩的，那應該像真空一樣，要把一切都吸進去才是。你說什麼空無？別開玩笑了，不是還有能讓語言鑽進去的縫隙啊，離真正的空還遠著呢。吉本隆明曾說：「我覺著這個人（西脇順三郎）應該不是生來就空空如也吧。」鮎川信夫回答：「怎麼說呢，要說人生來為空，那大多數人都是如此（笑）。問題在於這個人把什麼填進了自身的『空』裡吧。我想，我填進去的是文化。」

阿勉，你的性亦是文化嗎？嘴巴張成O型吶喊，那聲音雖然或許源自文化之前，但為了吶喊聲不至於窒息，我們試圖倚賴魔法師的魔杖輕輕一揮，便徹底使自己身體裡填得滿滿的東西歸於空無，然則世事哪能盡如人願？連你注視的酒瓶也被記錄在這世上已存在的無數商品目錄中。所以吸收吧，再把它們吐出吧，吸進去的是everything，吐出來的則是nothing。

＊與正津勉合著。

《對詩　1981.12.24～1983.3.7》——————　1983年

去賣母親

背上母親
髮絲間感覺到母親的呼吸
雙手支撐著她的臀部
去賣了母親

買糖讓母親舔著吃
問她是否會冷
母親的手指陷入我的肩膀
去賣了母親

市場裡兒孫嬉鬧
天空晴朗卻陰沉
賣不出好價
互相開玩笑

《對詩　1981.12.24～1983.3.7》——————　1983年

母親在背上睡著了
她尿了褲子
電車在高架上行駛
還有依依不捨的戀人

穿舊的太空衣
空空的卡式錄音帶
幾束野花也擺在市場
誰會來買呢？

去賣了母親
聲音啞了
雙腿無力

去賣了母親

*

阿勉，給我一首明朗的詩吧。別在防雨門板緊緊關閉的房間裡摸索，走出來吧。

有小河流淌，有蜻蜓翩翩，有十元硬幣掉在路邊，時間就這樣過去。你看到了什麼？回頭看看吧，看看背後的東西。給我任何你看到的東西，別再熟睡了。

《對詩　1981.12.24～1983.3.7》——————　1983年

時間

你想起兩隻
蜷著的貓
我想起
磨平的石階

再也回不來了
因為那件事那一天接近永恆
它傷害我們
比夢更難把握的一天

今天就像那一天
雲飄動太陽藏起
無論我多麼愛你
都不夠

《信》———— 1984年

你

你是我喜歡的人
從你穿著的變化
我覺察到了夏天的來臨
老狗慵懶地盯著我們的午後
去空無一人的美術館
看古印度的工筆畫吧
菩提樹下相互擁抱的戀人們
一定跟我們一樣幸福又不幸

你是我喜歡的人
至死我都會喜歡你吧
因為與愛不同的喜歡這件事
不需要任何誓言
我們在七月的陽光下

《信》———— 1984 年

走出美術館喝冰紅茶解渴吧

梨樹

梨樹是真實的
山羊與遠山也是
還有厚重的木門
以及小鳥的鳴聲

但只有我們
不是真實的
掩飾的不安
做作的微笑

在彼此的幻想裡休息
啜飲喜歡的飲料
逃避真實
沒完沒了地交談

《信》——————　1984 年

在死之前的漫長時間
無法計算
從物質到物質
讓視線徬徨

梨樹是真實的
八百年前擱置的石頭也是
還有那上面的陽光
以及一隻蒼蠅

我的女性論

1

你是音樂
因為我是音痴

2

像蛇一樣的你我不認識
像你一樣的蛇我見過

3

紅非白
黑也非白
所以紅和黑十分相似

你這樣的三段論法
儘管我邊打瞌睡邊聽著
但我喜歡

4

是為了脫掉才穿上呢
還是
為了穿上才脫掉
原本就透明的那些東西
因為你的屁股非常大
地球不過是你的一把旋轉椅

5

洗衣機在旋轉
熨斗正在加熱

地瓜燒焦了
電視裡有人正在接吻

你溫柔地坐著不動
彷彿菩薩般神祕

士兵們倒下
火箭飛入雲霄
男人們互相議論
歷史書被翻開

6

你和扇子
你和樹木
你和家鴨
你和藍寶石

這世上的一切都與你相稱

其中只有一個
與你不相稱的
那就是
女人

7

想著你的單純的我的複雜
想著我的複雜的你的單純

8

先看眼睛——
這種男人是偽善者
先看胸部——
這種男人是偽惡家
先看全部——
因為看不完而抱著看的
那是誠實的男人

9

你是鑽石
我是碳

10

或者——
你是彩色照片
我是幻燈機
一年到頭不停地放映著

夢

站著　被花朵包圍
你在　我的
夢中
時間停止　沒有
任何人
　除了我們
除了微風和一隻瓢蟲
然後
　你　說了
並不愛我
微笑著

《信》———— 1984年

魔術師

有的　包括祕密　包括機關
人生也是魔術　只是看不見
只是
鏡子後面　有什麼呢

如果看到了
　鴿子會死　在帽子裡面
　　愛也會死　在我心中

《信》———— 1984 年

顏色

顏色不會停留，有的顏色是別的顏色的預感，或者回憶；有的顏色遮掩著別的顏色，或者顯露，不斷地流動，互相拒絕著混雜在一起，顏色互相表演，互相喬裝。顏色的氣息無法命名，儘管不知何時它們漸漸地朝向黎明褪去，但是又一次帶著羞怯甦醒，為了生的歡愉。

白

不是雪的白，不是霜的白，不是浪的白，不是雲的白。不是被塗上的白，不是沒被塗上的白，不是被漂白的白，不是被刮掉的白。不是空白的白，不是耀眼的白，不是純潔的白，也不是最初的白，更不是終結的白。而真正的白是什麼？

黑

黑。它是空洞的。黑，它在任何深度裡都只是一個表面。照耀黑的光，被黑攫取。黑不會把任何東西還給我們。而且它吞噬全部，同化為己有。

無論多麼渺小，它都是一個黑點，但不是污點。極其硬質且沉重，但具備它特質的物質，現在還沒有在這片土地上被發現。我們有時只有在惡夢裡，能夠觸摸到真正黑的一端。黑，它不是顏色，它是一種存在狀態。

紅

紅從黑暗中升起，紅寧願是黑的私生子，所以誰也無法聽見它的呼喚。紅朝向光死絕，紅寧願是白的祭品，所以那個願望只是在短暫的一瞬得以實現。

藍

無論怎樣深深地憧憬、多麼強烈地渴望，都沒有辦法得到藍。如果掬在手裡，大海變成淡淡混濁的鹽水，如果走近，天空完全透明。鬼火不也是藍藍地燃燒著嗎？藍是遙遠的顏色。

走進朦朧模糊的遠景，能作為紀念品帶回家的，大概只會是一棵勿忘草，所以發現它的人，連不能遺忘的事情都忘了。蘊藏在自己的體內，因為是永恆的藍。

黃

黃。是切開時閃爍的東西，是暴露了不知恥辱的東西，是總是難以忍受的呼喚聲，是晃眼奪目污垢的溢出，是誰都無法填平的世界裂縫。

目光被吸引，然後在此又被拒絕。失去一切細節，目光滑過，沒有質感的黃、燦爛廣闊地平線，一望無際。

綠

總有點什麼差異，綠這種顏色。它來自別的世界，突然沒有任何預兆地闖進來，充滿可怕的生命力，熱氣騰騰地散發味道。綠最初蔓延到這顆星球時，我們還沒有誕生。這顆星球被綠密密地覆蓋時，我們的一切都是廢墟。目光不要從綠移開。

棕

有時候是黃，有時候是紅，在不斷侵蝕同時，棕在一種諧調中是謙遜的。被頑固的自信支撐著，棕夢想著所有的一切不久都會回歸自己。棕若無其事地掩飾世界，彷彿什麼戲劇性的事情也不會發生。這確實是一個高明的辦法，為了從宇宙的惡意中保護自己。

音樂

無可避免地一首旋律接近尾聲
誰也無法阻攔
刻在心中的旋律烙印發出肉的腐臭
帶你走進記憶深處的牧場
為了知道那裡吹拂的風此刻正在
這裡的窗邊搖曳著
你迷失在無數蜿蜒的小徑
但結果那是一條纏繞一團的絲線
為了吃五穀肉類而造出嘴巴時
你的耳朵已經聽見了音樂
面對過去探尋不完的黑暗
面對未來凝視不盡的燦爛
你的身軀化作一首旋律
無限伸展緩慢蕩漾

《信》———— 1984年

耳邊的竊竊私語沒有任何形式
就連布滿旋轉著星雲的真空裡
聲音彷彿向宇宙獻媚似的
同情著語言卻又不停糾纏

呼吸

風呼吸著
在耳邊
隨著孩子們的聲音
讓湖面泛起漣漪
風呼吸著

蟲子呼吸著
伏在草叢
露出通透的胎體
眼中映著藍天
蟲子呼吸著

星星呼吸著
在遙遠的天際

《信》—————— 1984年

一刻不停旋轉著
無聲地閃爍
星星呼吸著

人呼吸著
孤零零地
吐露痛苦
吞下哀愁
人呼吸著

音樂之路

——送小泉文夫先生,[1]
一九八三年
八月三十一日

使石頭和石頭相碰
人們向大地傳送生命的鼓動
你曾是他們的兒子

氣息吹入草莖
人們向天空放出來自遠古的憧憬
你曾是他們的弟子

不停地撥響數十根琴弦
人們讓身心合一
你曾是他們的夥伴

對著溶入雨滴的遙遠節奏
對著混進鳥鳴的微弱旋律

《信》———— 1984年

傾聽
與嘆息般吐出的纖弱歌聲
與戰火般交錯的激昂歌聲
合唱

越過大海跨過草原迷失在森林
沿著交織無盡的音樂之路
一路追尋

你給飄浮在寂寥宇宙的小星星
披上音樂的衣衫
讓它免受孤寂

然而如今你仍存在於
這個大地上所有音樂的源頭以及
無法回應的緘默裡

你初次聽到的音樂
就是你最後聽到的音樂
你向著無限的豐盈啟程

《信》———— 1984年

1 編注 小泉文夫（1927–1983），日本民族音樂學者。

孩子與書

孩子啊
你要獨自沿著故事裡的小道行走
用眼睛攀登畫中的山巒
仔細聆聽龍在洞穴深處的吼聲

孩子啊
你要與書中的騎士交戰與書中的公主相愛
要把在沸騰的比喻大鍋裡
那潛伏於昨天的今天狼吞虎嚥

孩子啊
你要在意義的森林中迷路
逃進被修辭的花朵裝飾的小屋
與變成魔女的母親相遇

《信》———————— 1984年

然後孩子啊
你要一次次地撕碎書本把它丟掉
旅行到語言宇宙的盡頭
再次吹起泡泡糖

石川啄木[1]

為了讓眼淚肆意灑落
需要勇氣
不偽裝軟弱而唱
需要堅強
荒唐與謊言
背叛與虛榮
在矛盾和混沌中
發出一種聲音
宛如悲鳴響徹整個時代
正因為無可救藥
語言
之所以為語言才能自救
從泛黃的照片深處

《信》———— 1984年

凝視我們的哀容
青年是時代的傷口
永遠無法癒合的傷口
從此處流淌出的歌聲
是我們血液的
永不停歇的
樂章

1 編注 石川啄木（1886－1912）出身於岩手縣的詩人。

為了阿卡迪亞[1]的備忘錄

（局部）

1　窗

在將各色空瓶熔化後重新製造的灰色玻璃的對面，雜草叢生的庭院似的空間擴展開來，一個老婦人正在練習走鋼絲。

2　機械

長年錯誤嘗試的結果，機械已經植物化了。也就是它們都在地下（或海底）深深地扎根，以地熱、潮汐、風力、星光、月光、陽光等為能源。不用說，產業廢棄物是作為各種昆蟲的食糧被消費的。機械發出的聲音，是發不出樹葉簌簌作響以上的音量。

3　孩子們

孩子們高聲叫著闖入橫穿山崖的洞穴。他們手裡握著類似半月刀的兇器。女孩中還有全裸的，她們的肌肉毫不遜色於男孩。

4 番茄汁

此類飲料並不存在。

5 悲傷

如果想講述悲傷，悲傷就會消失。這塊土地上諳熟此理的居民，每當受到悲傷的侵襲，就在手上盛一點鹽巴舔嘗，可是號啕大哭的人也會受到鄰人的祝福。

6 狗

狗群在街上跳來跳去。主要是吃掉在路上的橡果等樹木果實，偶爾也吃一些螞蟻、飛蟲之類的東西。牠們不朝人搖尾巴，互相嗅嗅鼻子就很滿足。所以，牠們都沒有名字。

7　振動

大地常常以一小時數赫茲的頻率振動。一般認為，人體感知不到的這種振動向天空輻射，形成一種潛在的道德戒律。

8　氣球

用線綁住氣球，是以法律的名義禁止的。

9　公開結婚

不論男性女性，以充分的苦衷和迷惘為代價，是被默許走出一夫一妻制的。此時，謹慎和幽默，在保持禮節上是不可或缺的。

10　詩

每個人都期待著在一天任意的時間裡，將任意的事件當作詩來冥想。沒有義務將其語言化。

11　信用卡

所有的交易都靠信用卡的回憶進行。

12　高雅

接近高雅是一種恐怖，然而庸俗也伴隨著厭惡。質樸，似乎因其雙重意義，成了當地居民的興趣，但是比如採一枝野花的行為，是不會被正當化、但也不會被禁止的。

13　屍體

屍體在死後三小時之內被遺棄到廣袤的鳥獸保護區內。不許設置墓地、墓碑，悼念死者也會招致多數人的非難，但是，不用實際嗓音的音樂演奏卻受到推崇。

14　梳子

梳子有三百種以上的形狀和機能，以手工生產。

15　問號

問號的使用極為活躍，多與驚嘆號並用。

16　浪漫主義

此詞幾乎等同於死掉的廢詞，但是所指的情感本身正因此而廣義地控制著大部分居民。

17 官僚主義

最為官僚化的是乞丐們，他們只接受保持日常生活最低限所需的物品，並執著於將採用的明細輸入中央電腦。

18 情緒 a

在教育的各個領域，情緒的控制受到重視，為此進行相關的身心訓練法涉及多種方面，一部分已產生混亂。

19 情緒 b

所謂現實就是情緒波動的連續體，各村的學生們正在信奉這種假說。

20　泡泡（啤酒的）

它依然從杯子的邊緣白花花地冒出來。

21　植物人

作為蔑視植物的稱呼受到排斥。阻止陷入此種狀態的技術不再由醫師處理，造就了一群新的神職人員，歧視他們的意識被壓抑並繼續存在每個人的心裡。

22　靜物

桌上鴉雀無聲的靜物不再作為繪畫的主題，也擺脫了私有。亦即，可以保證，有此希望的人隨時都有凝視他人室內靜物六小時之內的權利。

23 星雲

抵達某種星雲的距離是不可侵犯的，這是天文學家們一致的結論。

24 衣夾

其精巧的複製品供眾人實際使用。

1 譯注 希臘地名，亦指古希臘世外桃源。

從睡眠到睡眠

爬上窄梯，有一個像倉庫一樣的地方。眼前的地板上，放著一台A級輕型動力模型飛機，螺旋槳正緩緩地轉動著（無法讓飛機滑行的緩慢程度）。打開倉庫盡頭的門，那裡就是窄小的公寓。雖然不知道書架前椅子上那個背對著坐著的人是誰，但我確信——總之是和我有著複雜心理關係的女人。

那個人回過頭，意外的是，那竟是我年幼的兒子。我放心了，以驟然明快起來的心情想：「啊，我是有孩子的啊。」

上午八時四十五分。

OMEGA Geneve

掀起灰色波浪的湖，和清靜的舊聯合國大廈。湯匙碰到碗發出的聲音無法重現。小鳥們的叫聲也無法重現。

那都是當時空氣的狀態，是一次性的現實存在。然而，不管怎樣，為什麼要記錄下那時我的耳朵聽到的事實呢？

是想陶醉於當時自己心理狀態的模糊記憶嗎？是想向誰傳達那些一次性的聲音，將其作為普遍體驗的一部分嗎？

是猜測不出對於我以外的人來說那些聲音究竟意味著什麼吧？

就連對我自己來說意味著什麼也搞不清楚？

或者，它們是裝飾音似的東西？瞬間的。

至少在我看來，我感到它們在短時間內美得令人難忘，這是為什麼？

儘管那些聲音對我來說是活著的一部分，雖渺小卻的確很重要，但將其記錄下來的行為中，某種傲慢和謙虛，卻在沒有統一邏輯的情況下共存。
對可以被稱為神的謙虛。
對他人不幸的傲慢。
於是我注意到，雖然我當時是那樣確切地聽到了湯匙碰碗的聲音和小鳥的叫聲，但是現在卻徹底喪失了它們。儘管抵達那些聲音的無意義或者意義，或許才是我寫作的最終目的。
儘管如此，我現在心情卻很好。雖然我漠然地感覺到，這種好心情，至少是部分地受他人的不幸、或者自己予以否定和嫌惡的外表（正因此非常實際且強有力的）秩序的保護才得以成立的。
USE FRESH BOILING WATER
午後的地鐵上偶然坐我對面的陌生人，比如說那個男人，年齡在五十五、六歲上下，戴著厚厚的近視眼鏡，臉上帶著刮鬍子時的點點傷痕，從他懶散地半張的嘴角，可以看見兩顆金牙。那金牙總讓人覺得什麼地方與他的身分不相稱，所以可以推知那個男人的寒酸相。他穿的衣服雖然還算是西裝的樣子，但那當然是沒有型的便宜貨，所以從袖口可以看到漿得硬邦邦的雙褶袖，扣子是紫色的玻璃珠。他讀的是常看的體育報，但從他的表情卻無從得知那上面所寫的究竟有多少能在他心裡產生反應。只有一次，他抬眼看了看站名，目光順勢銳利地瞥了一眼車內，在那男人的懶散下，那目光反而在這種懶散的範圍內，剛好將那一輩子裝模作樣的姿態，像是拿在手裡一樣展現出來。

你，他人。你唾液的組成和我唾液的組成毫無二致。

10A、125V、[1]、WH、2012

電線……插頭……插座……保險絲……此類物品……

模殼斷路器……電線桿……絕緣體……平原……變壓器……汗……變電所……不過是……高壓線……已不值一提……其他的……鐵塔……雷……看……相同……伏特……安培……瓦……週期……自己都沒有意識到……耐壓……所謂……發電機……正在做……一杯量的……水庫……小灰蝶……所有的……肚臍……水……陰影部分……鑰匙……被毆打……微笑……癌症……終極……脫掉……門柱……傾斜……時而……倒臥……包裹……貝……尾隨而至……日期……未開發的……天文錶……愛撫……儘管……花瓶……至少……奔出……勉強地……非常……發狂……西貝流士式……鎖……為難之處……血……沒有嗎……死去……不如……真正的……

《日語的說明書》—————— 1984年

額頭上釘釘子。

手掌上釘釘子。腸子上釘釘子。眼睛裡釘釘子。心裡釘釘子。

田裡釘釘子。花上釘釘子。

河裡釘釘子。

釘子上釘釘子。拔釘器。

”突然，他感到一種瘋狂的慾望，想把一切都寫呀寫呀寫盡。如果從早到晚，甚至連吃飯的時間都用來寫作，我不就贏過時間了嗎？我不就超越自我了嗎？從我寫字的指尖，到院子裡杜鵑的葉尖，即便我的一生終結了，留給只能寫作的我的道路不也只有那一條嗎？然而在下一個瞬間，他會像白痴一樣在那裡發呆。要寫的事情都會從心中消失，宛若退去的潮汐。他被毛骨悚然的恐怖侵襲。”

想把鹿烤了吃
卻刮起了風——

Vedda

遙遠的過去和現在交錯在一起。遙遠的彼岸和我所在的地方交錯在一起。空間和時間互相交織在一起。人和人的關係糾纏在一起。一個類型無止境地增殖下去。一個突然的變異就那麼被隱藏著，把就此隱藏的神祕力量永遠遺傳下去。

從「a」到「n」之間，有無數的名稱。我的感性憧憬著在瞬間對其全部指名道姓時所產生的沉默。儘管那一時刻就是死亡的時刻。

松鼠在雜木林的枯枝上奔跑，發出輕微的聲音，停下，又跑走。「達爾文發現：『美麗有時比戰鬥勝利更重要。』」如今，陽光從隨意聚散的雲端出現，被針葉樹的葉子分散，細碎地浸透在大氣中。我不再重新寫什麼了，而是努力要找出已經寫過的東西。

木板牆的木紋。用舊的桌子。用可口可樂空罐做的煙灰缸。麥桿帽子。窗玻璃。門檻。壁櫥。坐墊。在這些單詞中突然鑲進勇氣這個詞會怎麼樣？雖然我知道在這個脈絡中這個詞起不了什麼作用，但我還是這麼寫了。因為我清楚地知道自己是個膽小鬼。而且，我也知道那個詞是我們人類的語言。我還知道這個日語詞可以換成英語的courage。我知道，它不做任何說明，但就像某種結石一樣，（不是在辭典中）會在我心中繼續存在下去。

攝氏二十二度。

於群馬縣北輕井澤。一九六九·八·X

五隻長腿蜘蛛聚在洗澡間潮濕的木板牆上，搖晃著身體。這是求愛的行為嗎？如果是，哪隻是公哪隻是母呢？其中的一隻，過於激烈地把它細長的腿上下晃動，以至於能清楚地聽見它那紅豆大小的身體碰撞到木板牆上發出的有節奏的聲音。

這種形體讓人感到可怕的生物，也讓人覺得十分可憐。它們究竟怎樣認識對方呢？是眼睛能看見？還是只用它那長長的觸角觸摸呢？應該有必要再稍微瞭解一下它們吧？不是像昆蟲學家那樣瞭解它們的習性、機能，而是作為某種鄰居。

我難道不應該寫寫它們嗎？寫它們，和寫幾行沒有自信的詩，究竟哪個更重要呢？說實話，一生中只為寫它們而活著，也是可能的。

還有洗臉盆中旋流著被吸到排水管裡去的水。我並不是把它作為我現在寫到這裡的非常有限的語言看待的。洗臉盆是白色的，光滑的，它的形狀當然是以精密的三視圖，展現到一定程度的精確，但實際上，洗臉盆已經是一個不過與三視圖有著某種關係的另外一個物件。這個物件，以作為物件出現在眼前，而與這個世界的過去現在未來的所有的物、現象有所關聯，因而，即便是現在，外觀上我也會斬釘截鐵地叫它洗臉盆，它在某種意義上不過是指來路不明之物的機能性的一面。至少，洗臉盆這幾個字，有更模糊的輪廓就好了。是的。就像那個北守將軍宋巴猶[2]那樣。

關於水，我瞬間的思念，甚至憑依如此無盡無休的語言浪費都無法獲得平衡。儘管如此，我還是無言地凝視洗臉盆中旋流的水。對我來說，要說語言是不是無用的，倒也絕非如此。當然，如果沒有語言，我甚至可能都看不到它。即便我心裡全然沒有浮現洗臉盆、水、漩渦之類的語言，比起手感受的涼和映入眼簾的透明般的感覺，我和它們也會被更抽象的語言連結在一起，被賦予一種結構。

水是一種恩寵。我這樣說。我這樣寫。

w……w……wa……a……a……te……r……wate……

water!

醫生符號　尼龍牙刷。

〈晚安〉（真討厭，這鉛字！）

Do not go gentle into that good night……

什麼

在問及什麼之前的

什麼

遼闊麥田對面的

藍色深淵深處的

一根某種毛的

巨大的岩石
在一瞬間遠去
壓在胸膛上的
是雨嗎？
……

1 編注 此為表示符合「JIS日本產業規格」的符號。
2 編注 引自宮澤賢治的短篇童話《北守將軍與三兄弟醫生》。

掃墓

第一具屍體束著的頭髮翹起來
瞪大了鵪鶉蛋似的眼睛
從倉庫後的水坑中站起身
「鑽過我陰道的人啊回去吧
我會永遠等著你」
她這麼對我說

第二具屍體在天藍色靜脈的枝頭
綴滿淤血的葡萄
在青草的熱氣中搖曳
「為什麼不來收割我呢
看啊你手握著的大鐮刀」
她這麼對我說

第三具屍體豎起蠟耳朵
抽動著合成樹脂的鼻子
熔化在煤氣爐的火焰中
「問我好了
別忘了我知道答案」
她這麼對我說

第四具屍體垂著五顏六色的管子
透視著自己的大腦
從醫院白色床單的泡沫中出生
「我無數次甦醒
因為我是你最終的幻影」
她這麼對我說

第五具屍體使陶器的膚色黯淡
微微張開塗著口紅的嘴唇
沾滿玩偶店的塵埃
「因為我是贗品
為我祈禱也能獲得平靜」
她這麼對我說

第六具屍體已化作歌唱的骸骨
手持胎死腹中的嬰兒頭骨的沙鈴
混跡於狂歡節的喧鬧
「讚美我吧
在我面前任何罵人的話都將成為詩篇」
她這麼對我說

第七具屍體裸露出貝肉的內臟
僵直起蓋滿鱗片的手指
從纏繞一團的海藻間浮起
「我潛伏在所有的地方
連尚未出生的胎兒都是我的鄰居」
她這麼對我說

第八具屍體吐出銅綠的氣息
化成灰的不隨意肌痙攣著
從都市的陰天裡飄落
「誰來埋葬我呢
想用虛假的眼淚欺騙我嗎」
她這麼對我說

第九具屍體讓腹部長出茂密的寄生植物
在空中微微拂動無數的毛根
在平靜水面的漣漪中搖蕩
「別害怕看著我吧
我就是你」
她這麼對我說

然後第十具屍體
不管怎麼找都已經找不到
鳥啄雨淋
風吹星照
在奠祭者們離去的現在
留下的只是語言開始腐朽的棺槨

《日語的說明書》——————— 1984 年

石牆

石牆從枯樹的根部開始延伸
女人將凍傷的手藏進圍裙
眺望微微起伏的丘陵對面
嫉妒在男人溺死以後也未曾散盡

石牆從枯樹的根部開始延伸
沒有項圈的狗涉水渡河
遠處一縷青煙升向天邊
商販站著尿了很長時間

石牆從枯樹的根部開始延伸
沒人記得它是何時砌成的
在夢裡好幾次有人被殺了
卻沒有看到血的顏色

《日語的說明書》———————— 1984年

石牆從枯樹的根部開始延伸
向蕁麻叢中坍塌
鱗片閃著金褐色光澤的小蛇
正扭動腰身蛻皮

石牆從枯樹的根部開始延伸
老人大聲地自言自語
看似重複的一切
都已經無可挽回

石牆從枯樹的根部開始延伸
照片上有個幼童
用快要哭出來似的愁眉苦臉
凝視著自己尚無法看見的墳塋

石牆從枯樹的根部開始延伸
青年突然想起那個細節
從窗戶飄進甜甜的香料味
他慢慢挨近熟睡的女人

石牆從枯樹的根部開始延伸
負傷的士兵在喘息
不知是他背叛了誰還是誰背叛了他
只是朝太陽下山的方向逃竄

石牆從枯樹的根部開始延伸
身著黑喪服的隊列蜿蜒不絕
喪禮的樣式
將其源頭混進遠古的黑暗

《日語的說明書》——————1984年

石牆從枯樹的根部開始延伸
蒼白的乳房裸露出來
透明的乳汁從乳頭滴落
宛如叫喊的搖籃曲被笑聲打斷

石牆從枯樹的根部開始延伸
蝸牛在上面留下銀色的軌跡
午後被關在厚書裡的喋喋不休
什麼都叫不醒的午後

石牆從枯樹的根部開始延伸
少女一心想著復仇
握緊青草的手掌微微出汗

微風無聲地觸摸著她的散髮
石牆從枯樹的根部開始延伸
侏儒小跑著追逐蝴蝶
盯著這樣的構圖
導演想起了少年的屁股

石牆從枯樹的根部開始延伸
一隻鷲在高空盤旋
傾斜的路標字跡一天天淡去
還標示著通往海的道路

石牆從枯樹的根部開始延伸
男人粗暴地將腥臭的左手伸進

《日語的說明書》———— 1984 年

倚牆而立的女人裙擺
右手的指間還夾著點燃的香煙

石牆從枯樹的根部開始延伸
像是被供奉在祭壇似的
在那下面有一隻死掉的野兔
它想活著卻又在此精疲力竭

石牆從枯樹的根部開始延伸
長滿青苔的石頭間潛伏著蜘蛛
那情景誰也沒有察覺到
卻可以看到山丘上人們的舞蹈

石牆從枯樹的根部開始延伸

一月十七日

轉開水龍頭水就會流出來
可說是有關時間和空間的複雜因果鏈的
一個結合點
所以所以怎樣呢？

一月二十八日

用一行寫其他的可以省略
用一行寫其他的可以省略
用一行寫其他的可以省略
用一行寫

二月十二日

極其酸
那個
不但極其酸
除了酸還是酸
彷彿這個世界不存在似的酸

三月十三日

無論是文字還是發音符號
都響起了無法標示的人聲
這聲音反射到天花板
因為紙門而減弱
變成虛幻的聲紋被時間註冊

五月六日

藍天的那端透著無數的星星
左右對稱的建築矗立在原野盡頭
世界在不知不覺中結束了
充滿細微的情感
沒有任何意圖

七月二十三日

像大海一樣巨大的情感
就連大海本身
也無法帶來

十月六日

鯨魚很大
我很小
這種曖昧前提的思考
我厭惡
誰有必要明說

十一月二日

夜晚　黃瓜的幽靈在田裡隨風搖曳
蚱蜢的亡靈跳過

家

詩人在家裡
趴在坐墊上
在紙上寫著什麼
在榻榻米包布的長邊和短邊之間
積了一些掉髮

衣櫃的內側
沒人注意到的棉塵飛舞著
家裡偶爾會發出可怕的尖銳聲響
便器裡倒流出
褐色的水

手斧是一種小型斧頭
這個家沒有手斧

沒有常用的鈍掉卻閃亮的手斧
即便有也沒有可砍伐的樹木
沒有可殺死的遺產繼承人

詩人在寫什麼
到底以誰為對象……

戴著帽子的
熊群說早安
很久很久以前的
英國村莊
你從窗外
向我微笑
奔跑

在草原上
被安靜的雨
淋濕

真的
知道嗎
據說只有蟾蜍居住的
城鎮
玫瑰花
會在瞬間枯萎
你在小時候玩耍的
沙坑總是
守在那裡
你愛的人們

都說　你
長得
不像任何人

祖父的遺物只有一卷春宮畫
忘記藏在哪兒
家像搖籃一樣開始搖動
一邊想著急救袋裡冰糖的甜
詩人恍惚地把自己交給搖動的大地

老姑娘

緩緩地
緩緩地
你可以從灰色小腸絨毛般的草覆蓋的山丘上
滾落下來

我在那裡等著呢
幾個世紀間
苦惱於
嘴裡哼著變來變去的流行歌
時而為嚴重拉肚子煩惱

*

蒙布里

你的小馬跑到哪裡去了啦
我在塗過蠟的平滑地板上
跳華爾茲的時候

一切都屬於這個世界吧
就連我又愛又恨的
那些聖人們也是
都活在死前的瞬間
嚼著稻草
被鐵的箭頭貫穿側腹

*

每天不間斷地寫日記

這些自成一個故事
實在令人難以忍受
我臥室的書架上
藏著猥褻的錄音帶

*

因為和水有緣的
都是我留戀的對象
聚在水盤上的喜鵲是我的姊妹
從水龍頭落下的水滴
穿透我的靈魂
儘管我還沒有見過大海

*

投進去吧　投進去就行
鋪著木板嘎吱作響的走廊今天也在竊竊私語
用死去多年的母親的聲音

把什麼　投到哪兒？

不

這樣發問也無濟於事
如果要投就把一切都投進去
如果要投就投到我的肚子裡去

*

無所事事
朱麗安
想看看你給我的風景明信片
眼睛的焦點卻對不準

直接坐到椅子上
自己對自己說「那麼」
然後一直坐在椅子上
有這樣的事嗎
小時候
我是那麼喜歡對你惡作劇

*

《憂鬱順流而下》———— 1988年

藏在令人懷念的和聲中的東西啊
快現形吧
曾經在草的熱氣中
不知不覺我認識到的

什麼時候未來變成了過去
玩具不知不覺變成了工具
然後工具從手中滑落
我想徒手抓住虛空
不是在搖籃曲的旋律中
而是在和聲中把自己折了好幾層的東西啊
告訴我你的祕密

*

蹲在我鼓起的裙子裡
那溫暖的微暗中
你津津有味地讀著吉朋[1]
在我讀著窗外春天第一株水仙的時候

那麼我們比一下彼此的知識吧
遠處布穀鳥叫著
在夢的散步路上

《憂鬱順流而下》—— 1988年

1 編注 愛德華・吉朋（Edward Gibbon, 1737－1794）英國歷史學家，著有《羅馬帝國衰亡史》。

憂鬱

順流而下

東面與西面
打開兩扇窗之後……夜色中
空氣……躡手躡腳溜進屋
悄悄窺視室內……然後
好像又溜走……

是帶來了什麼……還是
不確定拿走了……什麼……

*

炎日下的木工廠空無一人……
可曾有人……一直注視著那裡

綠色毛毛蟲想爬到小石子上
雨無聲地落下……從某一天的更早之前
身體僵凍的可怕的……更早之前
從語言的更早之前……

有人知道……
那個地方……依舊只有那個地方

*

縱使眼睛望著重重樹叢的綠
縱使耳朵聽著鏈鋸的響聲
縱使鼻子嗅著厚厚的周日版報紙的氣味
我覺得自己……只有內在

於是一切都被分類被變形……被夢見……
在與世界相似又迥然不同的……明亮中
射進一道真實的暗影

*

還不知道……想……要什麼
想要的心情……隱隱作痛
為目睹地層下的東西
……挖土掘地

埋葬了死去的狗

*

假設……即使擁有語言
蝴蝶……也不會向人搭話……
但是蝴蝶擁有形體
躊躇之間……將人
誘向語言……

從一個詞語……到那個詞語深處的……
另一個詞語……再往那個詞語更深處的
……詞語……永無止境地

*

新鋪的大路向著枯草茂盛的山丘

戛然中斷
在那對面也許……
小丑正拍打著鈴鼓

而他也有……
上小學的女兒

*

多虧那些數不清的晴空，人類才能走到今天。
宇宙沒有任何善意，但也沒有惡意。
只有巨大的空白，在各個角落布滿了紋理……

*

電線桿裝著電線桿的樣子
若無其事地佇立著

佇立著也好
因為電線桿不管世界怎麼變
此光景甚至讓人覺得幽默

＊

「渡海而來的商人，將目光從王妃的陰部移開。他的視線投向戴在王妃細細脖子上的金鍊，他的耳朵傾聽著僧侶們的竊竊私語。國王厭惡潛藏在平靜裡的東西」

*

男人將刮淨鬍鬚溫和的笑臉轉向嬰兒，轉向窗外的運河，然後再轉向嬰兒。他可曾意識到，不知不覺間，有人在詛咒他讚美的東西。

感情與感情的戰爭在無言中進行。

*

因為沒長鱗所以人不善於爬行
只能在心裡模仿蛇敏捷的行動

人也不伸舌頭且用雙腳站立
然後蹲下……
不久……躺下

*

孩子們的合唱聲帶著陽光的氣味
一瞬之間就溶進了空氣

留下的不是旋律
……而是微暖的氣息
浮現在大人們的眼前
絕對無法觸摸的情感的立體圖像……

*

空氣毫不害羞地燒紅了臉……

音樂總是結束
會結束還不如不開始的好

如同女人那個時候的聲音
小提琴一步步爬上沙啞的高音
由於再也無法聽見那個聲音……靜寂消失
耳朵繼續不停渴望

*

《憂鬱順流而下》———— 1988年

眼前的木板牆上浮現出一張面孔……
小眼……彎鼻……歪嘴……
哭泣的與生氣的與笑著的
都是相同模樣
時間的纖維……編織成的臉孔……

*

明天一無所知
除了自己的死亡
即使如此也無法知道是什麼死法

昨天已經忘記
只剩下便宜行事的解釋

只有今天正在眼前的你
因你的愁眉苦臉而生輝
緊蹙的眉宇與蓬亂的頭髮
宣告著善變心情的千真萬確
今天仍舊勉強
維持著一個形狀

*

感情什麼也不學，也不積累什麼
而理性卻……學過了頭

春天就要來臨
心就這麼沉睡著…… 現在試試自己的力量

*

不苟言笑的正義，比竊笑的邪惡還可怕。
只有會笑，人才能活下去。
如果微笑難為情，那就在苦笑中嘸氣好了。

*

黃昏……家家戶戶變得安靜

圍牆裡面……沒有任何思想的痕跡……
就連無緣無故膨脹著孳生的慾望
此刻屏息……
為了迎向明天度過今天
……在緊閉的門內
女人正從白色塑膠袋裡……拿出蒟蒻

*

懶得醒來
懶得追憶夢境
讓眼睛享樂於樹木的蔥蘢
向天空吐出半生不死的氣息

《憂鬱順流而下》—————— 1988 年

懶得吃飯
懶得讀信
看見行人
竟不自覺地轉移視線

懶得聽音樂
懶得上大號
雖然懶得做卻又寫下這個懶
還真是不可思議

*

打出Utu的一瞬間
就會出現……鬱這個字

不用再為筆順煩惱
筆勢之風停住了
被囚禁在文字的柵欄裡……
但還是想要讀沿著格子不停來回踱步的
足跡的羈絆

*

……此時此地的憂鬱
無論如何也不能忘卻……
然而若沒有此種情感……世界就會變得看不見

隨風搖曳的樹木是一個巨大的累積
擦肩而過的女人面孔……
一切知識……
都是單調和沉悶的累積

表面上語言像水珠一樣被彈回來

*

語言……不過是一個出口
那對面沒有人影的午後沙灘
彷彿要無邊地擴展
充滿惡意獰笑的臉想要窺視……
只要出去……就能數出歲月

像胎兒一樣蜷著身體……等待著語言
不知從何而來的語言
在羊水的宇宙裡漂浮……
語言……不過是一個入口

*

書籍是語言的藏身之處。只要打開書頁，無法啟齒的語言，會厚顏無恥地列隊大聲高喊，也會毫不羞愧地扭著身子耳語。語言像病毒一樣不斷地入侵人類，連沉默的抗體也不管用。書籍是潘朵拉的盒子，但現在合起書頁為時已晚。人被語言榨取了靈魂，難道不是像殭屍一樣四處徬徨嗎。

《憂鬱順流而下》——————1988年

*

乳房……知道得更多
比握住它的手……
比……盯著它的眼
也比因過度悲傷而停止跳動的
……心臟更加
多得多……

*

機器唷轉動起來

豆粒大的機器無聲
宛如小山般的機器轟鳴
讓機器徹夜無眠地勞動

請給我造出取代人類萎縮手腳的
更嶄新的機器
請給我取代人類迷濛的眼
夢見一個燦爛的未來
請給我取代人類呆滯的頭腦
計算著無限

機器唷無休止地運轉下去
讓疲憊的人類歇息
在人類死絕以後也不要停止

有一天請給我生一個
閃閃發亮的嬰孩

*

一隻跳耀著的小貓
在想像力中生鏽故障
一朵盛開的水仙枯萎
而心中卻開了無數朵花
一切無可取代的東西
都被語言和影像複製……

地球經營著奪目的風景明信片
禮品店裡熱鬧非凡

*

詩歌哪怕是一瞬
那片嫩葉的……葉尖有觸摸過了嗎……
可是如果觸摸過了……也許會枯萎
詩歌……
明明是連小孩手指般的暴力都不會動搖的

*

……為了寫

而學著不去寫……
為了……寫
再從頭開始……
記住寫法

學校裡空無……一人
陽光照射在
粗糙的木地板上……
只有遠方……隱隱約約地傳來
你的聲音……

花三題

摘了花的士兵
才發現並不知道花的名字
將花夾在寫給家鄉戀人的信裡
信中寫了想知道花名

回信來了
原來是人人皆知的常見花名
就在這時一顆子彈
穿透了士兵的太陽穴

*

把一小束野花高舉過頭頂
少女在荒野中奔跑

雖然只能想起這個情景……
卻因為這個情景
男人打消了死的念頭

*

外面的雪飄落不停
剛出生的嬰兒
那模糊漸明的視野裡映照著
母親的乳房和對面
窗邊的一朵玫瑰

靈魂的最美味之處

神賜予大地、水和太陽
大地、水和太陽賜予蘋果樹
蘋果樹賜予鮮紅的蘋果
你給了我那個蘋果
捧在柔軟的雙手掌心裡
宛如與世界初始的
曙光一起

即使一言不語
你也給了我今天
給了我不會失去的時光
給了我讓蘋果長出的人們的微笑和歌聲
說不定悲傷
也隱藏在我們上方的寬廣藍天裡

《靈魂的最美味之處》———— 1990年

抗拒一切毫無目的
然後你在自己也未察覺之間
把你靈魂的最美味之處
給了我

三種印象

贈與你
熊熊燃燒火焰的印象
火誕生於太陽
照耀原始的黑暗
火溫暖漫長的冬季
在節日的夏季燃燒
火在所有的國家焚燒城堡
把聖人和盜賊處以火刑
火變成向著和平的火把
變成戰鬥的狼煙
火洗淨罪惡
又變成罪惡
火是恐怖
是希望

《靈魂的最美味之處》——————— 1990年

火熊熊燃燒
火燁燁爍爍
——贈與你
這種火的印象

贈與你
水流淌不息的印象
水誕生於葉片上的一滴露珠
捕獲閃耀的太陽
水滋潤了瀕死野獸的喉嚨
懷抱魚卵
水唱著小溪的歌
堅持不懈地沖削岩石
水浮起孩子們的竹葉舟

隨後讓那個孩子溺水
水轉動水車轉動渦輪
吞下所有的污垢映照天空
水瀰漫四溢
水決堤沖毀家園
水是咒罵
是恩惠
水流淌
水深深滲進地下
——贈與你
這種水的印象
贈與你
人繼續活下去的印象

《靈魂的最美味之處》——————1990年

人誕生於宇宙虛無的正中央
被層層謎團包圍
人在岩石上刻下自己的姿態
憧憬遙遠的地平線
人相互傷害相互殺戮
一邊哭泣一邊追求美
人對任何小事都感到驚訝
馬上厭倦
人繪著樸素的畫
像打雷似的高歌
人是一瞬
是永恆
人活著
人在內心深處繼續相愛

——贈與你
這種人的印象

贈與你
火與水與人的
充滿矛盾的未來形象
不贈與你回答
只贈與你一個提問

《靈魂的最美味之處》————— 1990 年

心臟

那不過是小小的幫浦
卻開始不停刻畫朝向未來的時刻
那既不是華爾茲也非波麗露
但每一拍都向著我的喜悅貼近

名字

誰都無法命名
你的名字就是你
世上的一切迸發成漩渦
注入你溫柔的體內
連同幼小的我的眼淚和開始融化的冰河

回聲

聲音繞道而行
在呼喚你之前聲音呼喚了沉落的夕陽
呼喚了森林　呼喚了大海　呼喚了人名
可是現在我明白
返來的回聲全都是你的聲音

手指

手指總不肯停止冒險
宛如唐吉訶德
從腹部的平原遠征到肚臍的盆地
越過森林界限向著火山口推進

唇

你說
真不知道一邊笑著還能做
唇很忙
往來於乳房和大腿間
趁空還要發出些語言

電話

你一沉默時間就凝固
夾雜在你的呼吸聲中
可以聽到遠處其他人的笑聲
我漂浮在救生索的電話線裡
你一旦切斷……
我便無處可歸

……

正在死去的士兵們
任沙子吸盡血跡
我們在此擁抱
即使被此刻炫目的光灼燒
一瞬化作白骨也無怨無悔
離正義如此遙遠而我們愛著

蛇

你吞下我的尾巴
我咬住你的尾巴
我們是盤成圈的兩條蛇　無法動彈
也不知道圈起來的環裡是什麼

墓

汗流浹背爬上斜坡
草香撲鼻
那裡有塊粗糙的岩石
我們坐在岩石上看海
或許我們將會在這岩石之下相愛吧
以地之身　以泥之眼　以水之舌

死

我變成了火
燃燒著凝視你
我的骨頭白又輕
會在你的舌頭上溶化吧
像毒品一樣

關於贈詩

無法贈與任何人
詩與領帶不同
因為不能私自佔有
語言從被寫下的瞬間既不屬於我
也不屬於你而是大家的
不論擱下多麼美妙的獻辭
不論連結多麼個人的記憶
也許都無法把詩從人們眼中藏起
因為它甚至不屬於寫下它的詩人
所以詩才有可能屬於任何人
世界本就非誰之所有
就像同屬於所有人的共有物一樣
詩化作微風遊歷人間
又變成閃電剎那間照亮真實的面孔

《打算贈詩一事》———— 1991 年

縱使在技巧上下工夫
偷偷隱藏情人的名字
詩人的意願也總是徘徊在意義的彼岸
甚至無法把詩封存在自己的詩集
打算贈詩一事
就像打算贈空氣一樣
如果是這樣我倒希望
那空氣就是從戀人的唇齒間
悄然散落的東西
不再是語言也已經不是語言
那魂魄的交感正是我們
持久的渴念
就這樣語言重疊著語言

樹・誘惑者

樹對誰都不客氣
指著天空讓枝葉繁茂
讓花綻開讓果實落下
一年年增添年輪
直到人死後依舊長生
樹在遙遠的未來變成如白骨般
因為它是難以枯萎的傢伙
一刻也疏忽不得
它的根在地下緊緊抓著不放
我們的靈魂

它的嫩葉千百次地剪碎閃爍的陽光
讓戀人們陶醉
它的枝幹以粗魯的表情

《打算贈詩一事》——————— 1991 年

對一切暴君的歷史漠不關心
而且它的樹陰不管在哪一世
會讓旅人夢見天堂
樹以它的綠色
讓我們的目光遨遊彼岸
那開闊的枝幹
擁抱我們喧囂的未來
那葉片的沙沙聲
在我們的耳旁低聲細語枕邊情話

因為樹是誰都無法抗拒的誘惑者
我們不得不畏懼樹
因為樹比人類更接近神
我們不得不向樹祈禱

水

在沉澱物的深處
有漂流而去的物質
在積滿東西的底層
好像有什麼要溢出

清澈的水
一夜間渾濁
無形的漂流物
變成水滴垂落

手掌掬起滿滿的水裡
映現著我們一生的全部
那種耀眼與那種
切膚般的淒冷

樹

看得見憧憬天空的樹梢
卻看不見隱藏在土地裡的根
步步逼近地生長
根彷彿要緊緊抓住
浮動在真空裡的天體
看不見那貪婪的指爪

一生只是為了停留在一個地方
根繼續在尋找著什麼呢
在繁枝小鳥的歌唱間
在葉片的隨風搖曳間
在大地灰暗的深處
它們彼此糾纏在一起

火

請給我火給我火
聲音來自黑暗深處
請給我火因為火明亮
照耀藤枝交錯下背光處野獸的路
那同樣的火——
灼燙人眼

請給我火給我火
聲音來自冰層下
請給我火因為火溫暖
讓蒼白的臉頰重返紅潤
那同樣的火——
焚燒人骨

《打算贈詩一事》—————— 1991年

有生以來初次劃亮火柴
線香煙火瞬間閃爍
黯淡的廟堂裡燭光跳動
裂開的銀杏芳香瀰漫
煮熟的藍莓果醬的顏色
燃盡的篝火裡殘留的炭火通紅

火早已隨處可見
一百日元的打火機和奧運火炬
護摩[1]和凝固汽油
熔爐和針灸
火在黎明烤麵包
在傍晚將麵包店故鄉的街道燒成灰燼

請給我火給我火
聲音來自遠古的洞穴
請給我火趁它還沒有熄滅
奔跑和蹲伏的野獸浮現石壁
那同樣的火——
現在我也捧在指尖

《打算贈詩一事》—————— 1991年

1 譯注 護摩指佛教中用火焚燒護摩樹的儀式。火代表智慧和真理，樹象徵煩惱和災難。

光

請允許我們看
然後為看到的東西命名
沉湎於形浸淫於色
對那無比的美麗
對想要把一切當做幻覺的我們
請允許我們再看一次

請原諒我們已經看了
超越賦予眼睛的極限
毫不畏懼揭露祕密
忘記有一天會為此下跪
對於自己創造出一瞬的閃光
請饒恕將要變得盲目的我們

地

多麼的痛啊
被痛打被切割
被撕裂被削落
地獲得自己的面貌

多麼的痛啊
沒關係就算沒有人
訴說那面貌
讓我們孕育一切情感

多麼的痛啊
不允許任何私語
億萬年的過去億萬年的未來
現在都在這裡

讀谷川的詩
谷川俊太郎詩選全集 1

作者 | 谷川俊太郎
編譯 | 田原
封面設計 | 林小乙 ATOM NO COLOR
扉頁素材提供 | 常茵茵
封底插畫提供 | 田原
內頁設計完稿 | 黃淑華
主編 | 王筱玲
總編輯 | 林明月

發行人 | 江明玉
出版、發行 | 大鴻藝術股份有限公司 合作社出版
臺北市大同區南京西路62號15樓之6
電話：(02) 2559-0510 傳真：(02) 2559-0502

總經銷 | 高寶書版集團
台北市114內湖區洲子街88號3F
電話：(02) 2799-2788 傳真：(02) 2799-0909

2022年10月初版 Printed in Taiwan
定價880元

最新合作社出版書籍相關訊息與意見流通，請加入Facebook粉絲頁
臉書搜尋：合作社出版
如有缺頁、破損、裝訂錯誤等，請寄回本社更換，郵資由本社負擔。

讀谷川的詩：谷川俊太郎詩選全集1／谷川俊太郎作；田原編譯.
-- 初版. -- 臺北市：大鴻藝術股份有限公司合作社出版,
2022.10- 1冊：13×18公分
ISBN 978-986-06824-0-3（第1冊：精裝）
861.51　　111014907